LE PRIX DU SANG

Agnès, Patrice et Stéphane Gaudin

LE PRIX DU SANG

document

écrit avec la collaboration
de Marie-Thérèse Cuny

FIXOT

À Laurent,
toi qui nous manques tant aujourd'hui.

Nous remercions sincèrement notre famille, nos amis, tous ceux qui par leur présence nous ont soutenus tout au long de la maladie de Laurent et qui sont encore présents aujourd'hui pour Stéphane.

« J'en ai marre... Je veux mourir... La vie est belle quand on est mort. »

Laurent Gaudin, douze ans. Hémophile, contaminé en juillet 1985, mort le 31 janvier 1992.

« La distribution des produits non chauffés reste la procédure normale jusqu'à épuisement des stocks. »

Michel Garretta,
note de service du 26 juin 1985.

« Il faut profiter de la vie tant qu'elle est présente. »

Stéphane Gaudin, quinze ans, frère de Laurent. Hémophile, contaminé en février 1985.

« Le jour où le chiffre des morts atteignit de nouveau la trentaine, Bernard Rieux regardait la dépêche officielle que le préfet lui avait tendue en disant : " Ils ont eu peur. "

La dépêche portait : " Déclarez l'état de peste. Fermez la ville. " »

Albert Camus, *La Peste.*

Note de l'éditeur

En juin 1992, quatre mois après la disparition de leur fils Laurent, Agnès et Patrice Gaudin ont accepté que soient diffusées dans l'émission « Envoyé spécial », sur Antenne 2, les images très dures que Patrice lui-même avait tournées du combat et de la mort de son fils.

Dans un premier temps hostiles à toute sorte de publicité, Agnès et Patrice avaient fini par se persuader qu'une démarche de ce type pouvait les aider dans la lutte qu'ils menaient auprès de la justice. Les nombreuses réactions suscitées par l'émission les ont convaincus d'aller plus loin. Avec Stéphane, ils ont voulu écrire un livre.

Raconter leur histoire dans un livre, c'était la meilleure façon d'empêcher que l'on oublie Laurent. Un livre reste. Ce qu'ils avaient à dire était terrible, mais ils voulaient justement par leur récit que l'on dépasse l'aspect juridique de l'affaire du sang. Il fallait que chacun se rende compte de la réalité du drame des hémophiles contaminés, de leurs souffrances. Il fallait aussi que les responsables connaissent le mal qu'ils avaient causé. Pour Laurent et toutes les autres victimes, il le fallait.

Comme le dit Patrice dans ce livre, faire passer des images de souffrance est une torture, mais ce peut être aussi un devoir. Dans sa terrible réalité, dans sa volonté de tout dire, mais aussi dans son humanité et sa générosité, ce récit nous est apparu comme une nécessité.

En principe Alexandre Gaudin est bien trop petit pour parler d'autre chose que de Lego. Il va sur ses cinq ans, ce petit bonhomme au regard bleu profond comme celui de toute la famille Gaudin. Un vif-argent qui joue de la batterie sur des casseroles, pendant que sa maman range les légumes qu'elle a rapportés du marché.

En principe Alexandre est un petit garçon comme les autres, barbouillé de miel à 4 heures, et qui joue au cow-boy avec un pistolet en plastique :

– Pan ! t'es mort !

Il guette derrière une porte de la maison familiale. Pan ! il tire sur maman, qui épluche le choufleur dans la cuisine. Pan ! sur papa, qui s'acharne à monter un ULM dans le garage. Pan ! sur son frère Stéphane, qui tape sur son ordinateur dans sa chambre !

Mais contrairement aux enfants de son âge, Alexandre connaît la mort. Il l'a vue, obstinée, affreuse, sournoise, venir lui prendre Laurent, son autre frère, une nuit de janvier 1992.

Parfois il regarde Stéphane avec inquiétude :

– T'es malade comme Laurent ? Tu vas pas partir comme Laurent, dis ?

Alexandre connaît, à trois ans et demi, le mot « sida ». Il en connaît aussi le visage mieux que n'importe qui. Le visage du sida, c'est Laurent, son frère.

Alexandre est né en 1988, dans une famille frappée par le mal de cette fin de siècle pour cause d'hémophilie et de transfusion. Alexandre est le seul des trois enfants à ne pas être hémophile. Petit dernier de la famille, il a échappé au poison mortel.

Puisque le poison a une date, puisque le sang contaminé à une date. Puisque ce sang a un prix. Comme les produits de commerce.

Laurent et Stéphane, eux, ont été empoisonnés.

Laurent, qui aurait dû avoir douze ans en juillet 1992, est mort du sida le 31 janvier 1992. Il est passé de la beauté superbe et lumineuse d'un gamin blond aux yeux bleus et à la bouche tendre, à la terrible déchéance, à la laideur impitoyable, décharnée, creusée des mille souffrances de la maladie.

Alexandre joue sur le tapis avec ses Lego, devant la photo de ce frère au visage torturé. Visage symbole d'une vie à peine entamée, et sacrifiée à douze ans.

Il joue devant son autre frère, Stéphane, qui porte le même poison en lui, mais le combat farouchement, et à cent à l'heure. Stéphane, à quinze ans, n'a pas une minute à perdre. La vie n'attend pas.

Ce livre est particulier. Il n'a pas été écrit, il a été dit.

Trois voix se font ici entendre, qu'il faut écouter : Patrice Gaudin, le père; Agnès, la mère; Stéphane, le fils, quinze ans, atteint du sida.

À travers eux, Alexandre y a mêlé sa petite voix, rarement mais précisément, avec une lucidité bien plus grande que les trois pommes de son âge :

– Moi j'ai deux frères! Un qui est au cimetière, et un à la maison. Tu vas pas mourir, hein, Stéphane?

– Bien sûr que non!

Alexandre sait parfaitement pourquoi Laurent, son frère, est au cimetière. Le sida.

Lorsqu'il est né, son père, Patrice, et sa mère, Agnès, se battaient déjà depuis des années contre l'hémophilie de leurs deux fils aînés, et avaient gagné haut la main les batailles quotidiennes que cela représente. Lorsqu'il est né, son père et sa mère avaient déjà annoncé à Laurent et Stéphane qu'ils avaient le sida.

C'est un moment qu'on n'oublie pas. Sauf la date précise. C'est curieux, mais Patrice n'a pas vraiment la mémoire des dates. Sa vie est plutôt une mémoire d'émotions, de « tuiles », de complications, de solutions trouvées, de course contre l'hémophilie, qu'il faut sans cesse gagner de vitesse, une maladie qu'il faut vivre instant par instant, au jour le jour.

Patrice dit souvent :

– La date? C'était en 1989, entre une hémarthrose de Laurent à la cheville, et celle de Stéphane aux deux chevilles. Il faut demander à Agnès, elle se souvient mieux que moi.

Deux jumeaux. Mari et femme, père et mère de trois enfants, mais jumeaux.

À deux voix, ils répètent :

– C'est un moment que l'on n'oublie pas.

L'annonce faite aux enfants

Patrice

Pour moi c'était un jour de malheur, un de plus. Je ne l'oublierai jamais. C'était un début d'après-midi, en 1989. Dans le salon. J'en avais parlé des heures avec Agnès. Quand il y a des décisions importantes à prendre, on le fait toujours en accord l'un avec l'autre.

Il fallait leur dire. On leur cachait *ça* depuis quatre ans. On avait tellement peur. Annoncer une chose pareille à ses enfants... Stéphane avait douze ans, Laurent neuf ans.

Agnès

Quand Patrice doit annoncer une nouvelle, il prend beaucoup de précautions. Moi, ça m'énerve. J'aime bien les choses directes. Il a commencé par leur dire :

– Et si on vous apprenait que vous avez une maladie grave ? Comment vous réagiriez ? Quelles seraient vos réactions ?

Stéphane, qui est comme moi, a regardé son père en face et a répondu très vite :

– Bon, vas-y, qu'est-ce que j'ai ?

STÉPHANE

Le jour où ils nous ont appris notre séropositivité, ça a été dur pour eux. On était dans le salon. Ils nous ont fait asseoir chacun sur un fauteuil, Laurent et moi. Mon père s'est mis à tourner autour du pot en disant :

– On a quelque chose à vous annoncer, il ne faudra pas le prendre mal...

Moi, j'aime bien qu'on me dise les choses en face, j'ai répondu :

– Tu peux y aller, s'il y a quelque chose de grave !

PATRICE

On était là, Agnès et moi, assis sur le grand divan, Stéphane et Laurent chacun sur un fauteuil. Depuis longtemps on essayait de les préparer en disant de temps en temps :

– Si vous aviez une maladie grave un jour, comment vous réagiriez ?

Ils ne savaient pas, c'était un peu flou. Alors, ce jour-là, je les ai d'abord guidés prudemment :

– Il y a deux solutions. Il y a les gens combatifs, qui vont réagir de façon positive pour se sortir de la maladie, même d'une maladie grave, et qui réussiront mieux que les gens négatifs qui ne veulent pas combattre.

On a parlé de ce sujet pendant une demi-heure.

Agnès

Au départ, on l'avait caché aux enfants, on leur avait parlé de problèmes de défense immunitaire. Avec leur hémophilie et toutes ces transfusions, ils en avaient de toute façon. Alors, depuis 1985, on avait choisi de leur dire qu'ils avaient une hépatite. Les médecins nous avaient laissé le choix. Ça nous permettait de leur expliquer qu'ils devaient faire attention aux autres. À ce moment-là, ils étaient trop petits pour qu'on ait le courage de leur annoncer ça. C'était inhumain.

Patrice

En 1989, ils étaient déjà assez mûrs face à la maladie. Ils comprenaient bien les choses. Les enfants hémophiles sont habitués aux problèmes de santé, ils en ont tous les jours, ou presque. Mais c'était dur tout de même, je n'arrivais pas à prononcer le mot sida. À la fin, avec Agnès, on s'est regardés une dernière fois et je me suis lancé :

– Il faut qu'on vous dise que vous avez une maladie grave. Très grave. On espère que vous allez réagir et combattre. On espère que vous allez réagir de façon positive pour vous en sortir.

Stéphane m'a fixé dans les yeux, il est toujours si direct. Laurent nous regardait l'un après l'autre. Il était inquiet.

Stéphane

Papa tournait autour du pot. En fait il ne savait pas trop comment nous l'annoncer. Ni quelle réaction on aurait. Je le comprends. Finalement avec maman il nous a dit :

– Voilà, vous avez entendu parler un peu de la maladie qu'ont les hémophiles en ce moment ?... Eh bien, vous l'avez...

J'ai demandé :

– Le sida ?

– Ben... oui.

Alors j'ai répondu :

– Bon... Eh bien ! on va se battre, et puis on va s'en sortir.

Laurent, lui, était sous le choc, il était secoué. Plus que moi.

AGNÈS

Laurent écoutait en silence, il avait suivi tout ce qu'on disait avec intensité. Tandis que Stéphane cherchait toujours à comprendre. Il avait commencé par demander à son père :

– Bon alors, j'ai quoi ? Le cancer ?

Son père a répondu que non. Puis, lorsque nous l'avons mis sur la voie, il a demandé :

– Bon alors, j'ai le sida ?

Cette fois on a dit :

– Oui.

On en avait déjà discuté. Comme on s'occupait de l'Association des hémophiles, on leur parlait d'amis hémophiles qui avaient le sida. Une fois ou deux, pendant ces quatre ans – Stéphane devait avoir neuf ou dix ans –, il avait demandé :

– Et nous, on est contaminés ?

On répondait toujours non. Il n'insistait pas, il

était rassuré. Puis c'est devenu automatique, parce qu'on en parlait trop souvent au téléphone. Untel est contaminé, etc. Alors, Stéphane reposait la question. Et on répondait encore :

– Non ! Vous, vous avez un problème d'hépatite, c'est déjà assez.

Si bien que, lorsque son père a répondu « oui », cette fois, il s'y attendait presque. C'est à nous que ça faisait le plus mal à ce moment-là.

PATRICE

Stéphane a compris tout de suite. Laurent pas vraiment, sauf que c'était grave. Mais je pense que cela a été un choc terrible pour eux, je l'ai vu sur leurs visages, dans leurs yeux. Mes deux petits garçons ont été formidables. Laurent avait une très grande confiance en nous. Lui aussi a dit, comme son frère :

– Je vais réagir, je vais me battre, papa !

Mais il avait peur, je le voyais bien dans ses yeux écarquillés. Alors j'ai expliqué la maladie. J'ai dit qu'elle pouvait être mortelle, mais que, s'ils avaient la volonté de combattre, on les aiderait, on ferait tout ce qu'il est possible de faire, et qu'ils s'en sortiraient. Ils en étaient convaincus. Stéphane en est encore convaincu. De toute façon, on ne pouvait leur parler que franchement, il y avait trop d'informations dramatiques venant de l'extérieur.

AGNÈS

Pour Stéphane, ça a été clair et net immédiatement. Il est combatif, on allait se battre et s'en sortir tous ensemble. Pour Laurent, j'ai senti que c'était plus dur. Au bout d'un moment il a demandé :

– Qu'est-ce qui va m'arriver, maman ? Qu'est-ce qui se passe avec cette maladie ?

Il n'a pas posé beaucoup d'autres questions, mais je devinais que ça n'allait pas. On l'a vite rassuré, il était si petit encore.

Est-ce qu'il a vraiment saisi la portée de la maladie et de la mort ? Sur le moment, on n'y a pas pensé, on ne voulait pas y penser. On ne leur répétait qu'une chose :

– On va s'en sortir.

Je me souviens de son petit air triste et gentil :

– Qu'est-ce qu'on va faire, maman ?

Je lui ai répondu :

– Rien, mon chéri. Ça va aller, on va y arriver, tu vas voir... On a vaincu l'hémophilie, on vaincra le sida ! On est là, papa et moi, on va s'occuper de vous.

Chaque fois que je repense à cet après-midi-là, au regard de Laurent, ses grands yeux écarquillés par l'angoisse, à celui de Stéphane, batailleur, j'ai la gorge serrée par les larmes.

PATRICE

J'ai pris comme exemple le moral de certains coureurs automobiles.

– Il y en a qui ont des accidents, qui sortent de leurs voitures en pièces détachées, et qui grâce à leur volonté incroyable arrivent à s'en sortir. Donc, le moral est très important, vous comprenez ?

Ensuite, je leur ai dit que, pour avoir le moral, on allait tout faire pour se distraire, des tas de choses ensemble. Et que le médecin nous avait assuré que le fait d'être contaminé ne voulait pas dire que la maladie allait se déclarer. Donc qu'ils avaient une chance de passer au travers.

STÉPHANE

Je savais exactement ce que c'était. On pense toujours que ça n'arrive qu'aux autres... Mais quand ça m'est tombé dessus, je me suis dit : « Bon, on va se bagarrer, la maladie et moi. » C'est tout. Ils avaient si peur de nous le dire, je comprends, ce n'était pas facile.

Ils m'ont expliqué après que c'était surtout à cause de Laurent : il était encore petit à neuf ans, et plus fragile. Moi, ils savaient que je prendrais le taureau par les cornes. En fait, ils ont été obligés de nous le dire à cause d'une journaliste qui avait plus ou moins parlé de nous dans un magazine. Alors là, ils se sont dit : « Il faut y aller. Il ne faut pas qu'ils l'apprennent par quelqu'un d'autre, ou qu'ils s'en rendent compte tout seuls. » C'est vrai que si on l'avait appris par le journal, ou par une personne étrangère, cela aurait été plus difficile. Et puis je n'aime pas le mensonge. Je déteste ça.

AGNÈS

Après leur avoir expliqué tout ça, cet après-midi-là, on a dû faire quelque chose, sortir, ou jouer avec eux, mais je ne me souviens plus quoi.

J'avais la trouille, tellement la trouille... Annoncer des choses comme ça à ses enfants... J'avais vraiment la trouille au ventre, mais je ne me souviens pas avoir pleuré...

C'était à nous, en tant que parents, de leur annoncer. Pas à des étrangers. Sinon, ils ne nous auraient plus fait confiance. Stéphane n'aime pas qu'on lui dissimule quelque chose. Là, il a reconnu qu'on avait eu raison. Plus tard il nous a même dit :

– Vous m'aviez tellement préparé que ce jour-là je n'ai pas été étonné.

C'est vrai qu'on aurait pu leur annoncer à cinq ans, ou à huit ans, mais ils étaient bien à ce moment-là, ce n'était pas la peine de les embêter avec ça. Maintenant, Stéphane nous l'a dit plusieurs fois, il ne supportera plus qu'on lui cache quelque chose. Il veut tout savoir. Il dit :

– Je veux savoir les choses jusqu'au bout, c'est important.

D'ailleurs, il a tout de suite entamé de grandes recherches sur le virus et la maladie... Stéphane, c'est un vrai livre!

Patrice

Chez nous, autour de nous, maintenant tout le monde est au courant. Au début, c'était plus difficile. On l'a caché pendant longtemps, surtout à cause de Laurent. Il avait été très affaibli par deux hémorragies cérébrales et tous les problèmes de l'hémophilie au quotidien. Il était souvent absent de l'école, il avait besoin de beaucoup de câlins, d'être entouré, soutenu. Alors que Stéphane était vraiment un battant. Laurent voyait les choses de la même façon que moi, avec crainte et méfiance. Je le sentais plus proche.

On a regardé la télévision le soir, il est venu tout contre moi, c'était sa place habituelle. Dans nos rapports père-fils, peu de choses m'ont échappé, il se confiait beaucoup à moi. Ce n'était pas vraiment un enfant fragile, mais discret, réservé ; c'est la maladie qui l'a rendu fragile. Stéphane est différent, plus extraverti, plus expansif. Et il cherche toujours à tout comprendre.

STÉPHANE

C'est facile, il y a l'antigène P 24, c'est le virus. Les médecins se repèrent comme ça. On a contracté la maladie du moment qu'il y a des anticorps P 24. En fait, ce ne sont pas ceux-là qui contaminent, les anticorps sont ceux qui doivent neutraliser le virus qui circule dans le sang. Et ce virus, c'est lui qui va infecter d'autres cellules.

Moi, la seule chose qui me restera, pour toute ma vie, si je guéris, c'est l'information génétique du virus. Parce que le virus, c'est un morceau d'ARN, une sorte d'enveloppe avec son morceau d'ARN. C'est comme une disquette qu'on rentre dans un ordinateur qui serait la cellule. La disquette rentre et l'ordinateur va savoir fabriquer d'autres disquettes, les mêmes, qui vont en fabriquer d'autres, qui vont partir vers d'autres ordinateurs, et ainsi de suite. Ces disquettes auront aussi d'autres actions dans l'organisme.

Normalement, quelqu'un de séropositif n'a pas tout de suite de virus circulant dans le sang. La maladie est présente quand il y a des anticorps, et à ce moment-là l'information reste inscrite dans les cellules. L'antigène vient un peu plus tard, il contamine d'autres cellules, et c'est là que ça devient dangereux, ça contamine jusqu'à la mort de la personne, et puis ça s'arrête là.

J'ai appris tout ça un peu partout, les médecins, les scientifiques, les livres, c'est la théorie conventionnelle.

AGNÈS

Tous les deux étaient très frappés, mais ils ne l'ont pas montré de la même façon, et j'ai senti qu'il se passait deux choses différentes.

Stéphane, comme toujours, à sa manière, analysait, décidait :

– On va faire comme ci et comme ça.

Alors que Laurent se laisse envahir dès qu'il lui arrive quelque chose. Les malheurs lui tombaient dessus et ça l'anéantissait. Il avait toujours du mal à encaisser, à réagir contre l'adversité. Il était victime. L'éternelle victime. Tout petit déjà, il avait besoin que l'on s'occupe beaucoup de lui, on le berçait toujours, physiquement et moralement. Il en avait besoin et c'était normal.

PATRICE

Laurent a toujours eu plus de mal à avoir des petits camarades, des copains et des copines, il a eu une enfance plus difficile que Stéphane. Il était un peu un fantôme à l'école, avec beaucoup d'absences à cause de l'hémophilie, puis plus tard du sida, et il n'arrivait pas à se lier d'amitié parce qu'on le connaissait mal. Il aimait beaucoup les autres enfants, mais il ne savait pas comment les aborder. Il ne pouvait pas jouer comme les autres au ballon, aller à la gymnastique. Je lui faisais faire d'autres choses, d'autres activités, avec des précautions, et beaucoup de sécurité. Mais il est devenu timide.

STÉPHANE

Moi, depuis la déclaration de ma maladie, j'ai eu des moments de cafard. Pas longtemps, mais je me dis que j'en ai marre, que la vie n'est peut-être pas aussi belle que ça... Pourquoi on vit, au fait ? Je me pose des tas de questions... Et puis, je vais quand même au lycée. C'est vrai, c'est important de penser à l'avenir, même si la journée est fatigante. Le week-end, j'essaie de m'occuper au maximum pour ne pas me laisser envahir. Je me dis : « Bon ! je vais faire de l'ordinateur... je vais programmer un truc ! »

Quelquefois je pleure. Ça dépend des moments, comme maman. Papa a d'autres façons d'extérioriser. Je ne dirais pas qu'il est trop angoissé, je dirais qu'il est plus prudent. Il cherche toujours à tout prévoir, à tout organiser pour nous. Il prend tout très au sérieux. Dans un sens c'est une qualité. Maman est plus fataliste, elle a plus tendance à se dire : « On verra bien. » En fait ils se complètent bien tous les deux. Il faut un peu des deux.

On a eu de la chance d'avoir des parents qui s'aiment et restent ensemble, ce n'est pas donné à tout le monde! Maman m'a raconté comment ils se sont rencontrés, elle avait seize ans, et lui vingt-quatre ans, c'était à la patinoire de Grenoble. Elle a entendu une voix derrière elle :

– Vous voulez faire un tour de piste avec moi ?

Elle lui a donné la main, et ça dure depuis vingt ans!

AGNÈS

Ce qui était bien pour nous dans ce malheur, c'était de pouvoir en parler enfin librement devant eux. Avant, avec Patrice, on faisait tellement attention! On en discutait dans notre chambre, dans la voiture, quand on était seuls, ou avec les médecins, mais jamais devant les enfants. Ça a duré quatre ans, et c'était dur. On ne pouvait en parler à personne, même pas aux amis. C'était notre angoisse : « Pourvu que personne ne sache... » C'était dur de dissimuler.

Quand Stéphane a eu un zona ophtalmique en 1987, et que le médecin complètement affolé nous a dit :

– C'est le sida qui démarre!

Patrice a répondu :

– Mais arrêtez de voir le sida partout! Il a un zona, ça arrive, il a eu l'appendicite, ça arrive à beaucoup d'enfants!

On voyait toujours ce même regard chez les médecins, qui parfois avaient plus la trouille que nous. Et il fallait toujours parler à mots couverts.

Mais à partir de ce moment-là, nous nous sommes sentis libérés. Enfin on pouvait en discuter avec les enfants, franchement. On n'avait plus besoin de se cacher pour parler d'eux. Plus peur que quelqu'un de bien intentionné ne lâche une bêtise. On se cachait seulement pour craquer...

PATRICE

Le médecin spécialiste en hémophilie qui nous avait dit en 1985 que la maladie ne se déclarerait pas, on le voyait fréquemment, tous les mois. Pendant de longues années, je n'ai pas eu de raison de lui en vouloir particulièrement. Je pensais qu'il n'était pas au courant, que la contamination de Stéphane, en février 1985, c'était un manque de chance. C'est ce que disait ce médecin.

Quand j'ai posé la question pour Laurent, pour savoir ce qu'il risquait, il m'a répondu, je m'en souviens bien :

– Il n'y pas plus de risque de contamination pour Laurent que d'un accident de voiture mortel pour vous entre Paris et Lyon.

Et quand j'ai insisté au sujet de la prophylaxie, il a insisté aussi :

– Surtout n'arrêtez pas!

En 1984 et 1985, les médecins spécialisés en hémophilie conseillaient vivement aux hémophiles victimes d'hémorragies fréquentes de pratiquer la prophylaxie de facteur VIII [1]. Comme ils

1. Substance extraite du plasma indispensable à la coagulation, et dont les hémophiles sont dépourvus. Pour l'obtenir, on mélange des milliers de poches de plasma.

prétendaient que ce traitement préventif, de plus ou moins longue durée, était sans effets secondaires, on les écoutait. Mais je n'ai jamais été convaincu par cette théorie. Pour moi, la logique veut qu'un corps qui reçoit un produit étranger lutte pour l'éliminer, du moins en partie.

Il était connu que des perfusions répétées chez des hémophiles fatiguaient le foie par exemple, malgré ce que disaient les médecins. Je l'ai constaté moi-même chez Stéphane et Laurent à plusieurs reprises. Chaque fois qu'ils mangeaient certains aliments après une perfusion, cela déclenchait une crise de foie. Alors qu'en temps normal ils les supportaient sans problème.

J'étais pratiquement certain que ces traitements préventifs n'étaient pas anodins pour l'organisme. À cette époque, Stéphane et Laurent avaient des hémarthroses aux chevilles, environ une ou deux par mois. La fréquence de ces hémorragies était à la limite de justifier une prophylaxie. Mais devant l'insistance des spécialistes qui les suivaient régulièrement, Agnès et moi, nous leur avons fait confiance. On a accepté cette prophylaxie, et elle a duré deux ans.

1984 et 1985, deux années particulières, parce que – il est important de le dire, et nous l'avons appris au procès seulement – ces médecins étaient déjà au courant de la contamination du facteur VIII. Voilà ce qu'on peut lire dans le compte rendu d'audience :

Le 29 mai 1985, la direction du CNTS s'interroge sur « l'attitude à adopter concernant les dons anti-lav[1] positifs et leur incidence sur les dérivés sanguins fabriqués : il est constaté que, avec 2 à 3 pour 1 000 donneurs anti-lav positifs, et des lots de 1 000 litres, soit 4 à 5 000 donneurs, tous nos lots sont contaminés. »

Ils savaient... pas nous.

J'ignorais qu'il existait des firmes étrangères qui proposaient des produits chauffés. Je l'ai su après. Quand Laurent a été contaminé à son tour, en juillet de la même année, j'ai réclamé les produits chauffés. Il a fallu insister pour les obtenir !

Ce qui me faisait le plus mal, c'est que j'ai appris par la suite que ce médecin faisait partie d'un protocole de recherches depuis 1983 avec le docteur Allain, le responsable du service production du CNTS. Donc qu'il était au courant de tous les dangers de la transfusion. Au courant aussi qu'il existait des produits chauffés.

Quand il me prescrivait des flacons de facteur VIII pour Stéphane et Laurent, qu'il connaissait depuis leur plus tendre enfance, ce médecin savait donc qu'il tuait nos enfants. Cela aurait pu être évité ; nos enfants ont été contaminés dans les derniers. C'est un crime. Et pendant ce temps, nous, le dimanche, on passait lui dire bonjour par amitié, sans savoir...

1. Lav : virus du sida.

Stéphane

Le virus, je n'y pense pratiquement jamais. Au début oui, maintenant non, j'ai d'autres choses à penser.

Sauf quand je suis malade, ou quand on entend, ou lit, de nouvelles informations. Là, j'essaie de suivre les différentes voies des recherches. Ou si je tombe sur un bouquin ou une revue... Mais je ne vais pas systématiquement tout éplucher, parce que j'ai autre chose à faire.

Agnès

Stéphane vit à un rythme différent qui nous déroute parfois, son père et moi. Il ne s'angoisse pas particulièrement. Par exemple, quand il n'a plus que 20 lymphocytes T4, il dit :

– Je m'en fous, je vais bien!

Il veut qu'on ne lui cache rien, alors il examine le résultat de son analyse. Nous, on a du mal à encaisser quand ce n'est pas bon, mais Stéphane répète :

– Mais non, ça va, je suis en forme, c'est le principal!

En tout cas, c'est ce qu'il dit devant nous, mais ce qu'il a derrière la tête...

Il va se peser régulièrement pour voir s'il n'a pas perdu de poids. La perte de poids, c'est toujours une angoisse. Mais il va toujours trouver une théorie pour démontrer qu'il va bien, que tout va bien. Une théorie qui confirme ce qu'il veut. Vivre.

Quand je descends à Grenoble en voiture avec

Stéphane, il parle sans arrêt. Il a toujours quelque chose à raconter. Il lit tellement, il sait tellement de choses sur tout! Il lit des livres d'informatique aussi bien que des *Picsou Magazine*, le programme télé ou des revues scientifiques! Il est capable de me parler d'informatique pendant une heure, et après j'aurai droit à une théorie sur le dernier livre qu'il a lu... Il me saoule! Il est incroyable, Stéphane! Il lit tout, tout ce qu'il trouve. Il est en seconde, en ce moment il lit *La Peste* de Camus.

PATRICE

J'adore mes enfants. Dès qu'ils ont le moindre pépin, j'analyse tout à fond. Je ne sais pas si on peut appeler ça de la prudence, de la prévoyance, de l'anxiété ou de la méfiance... mais quand j'ai su qu'ils étaient contaminés tous les deux, j'ai tourné ça dans tous les sens dans ma tête. Ça m'a perturbé pendant longtemps. Sans connaître la totalité de la maladie, sans avoir beaucoup d'éléments, je me disais que ça cachait quelque chose. J'ai demandé à mon employeur un poste de travail mieux adapté à mes problèmes, pour pouvoir me libérer l'esprit, tellement j'étais perturbé.

Je me demandais : « Où ça va nous mener ? Est-ce qu'ils vont développer la maladie ou non ? » Si j'avais eu des renseignements... Mais je n'avais aucune information, même pas du médecin.

Tout ce qu'on nous avait dit, c'était à une réunion de l'Association des hémophiles. Le sida, c'était surtout en Amérique, une maladie de drogués et d'homosexuels. En France, pas grand-chose à craindre !

Si j'avais su que les produits étaient contaminés, j'aurais arrêté tout de suite les perfusions, j'avais mille façons de les soigner autrement. Il était encore temps... Surtout pour Laurent, sa séropositivité était récente, il a dû être contaminé un ou deux mois avant juillet 1985. Il aurait pu être sauvé avec les produits chauffés...

Mais le médecin en hémophilie m'a dit :

– Continuez la prophylaxie... Surtout n'arrêtez pas...

À l'époque, en plus, il existait des produits chauffés en Allemagne et en Amérique. J'y serais allé à n'importe quel prix. Mais on ne nous l'a pas dit. C'est pour cela que c'est un crime.

STÉPHANE

J'ai lu *La Peste,* de Camus, pour l'école ; ce n'était pas obligatoire, c'est pour avoir un maximum de littérature pour le bac français.

Ça parle d'une petite ville en 1940. Une ville-béton, au bord de la mer, qui n'a plus d'arbres. La ville est construite le dos à la baie, c'est-à-dire qu'on ne la voit pas quand on arrive, on ne la voit que lorsqu'on la quitte. Tout y est réglé comme une horloge, tout le monde a ses habitudes. Et dans cette ville, quelqu'un découvre un jour un rat mort.

Il le signale à son concierge. Petit à petit, il y a des rats morts partout dans la ville et c'est un gros problème. Et puis plus rien, plus de rats morts.

Mais au bout de quelque temps, le concierge commence à se sentir mal, et il meurt dans de terribles souffrances. Ce sont les symptômes de la peste, mais personne n'a réalisé. Il y a d'abord une vingtaine de cas, et finalement le médecin, avec l'aide d'un autre médecin plus vieux, finit par penser à la peste. Les résultats des examens vont confirmer que c'est ça.

La suite du livre, c'est les différents comportements des gens face à cette maladie. Il y a un cordon sanitaire, la ville est complètement isolée et mise en quarantaine. À partir de là, on voit comment chaque personne réagit.

Je ne sais rien de Camus, mais je pense qu'à travers ce livre il a voulu dire que la nature reprend ses droits quoi qu'il arrive. Quoi que l'homme fasse, même s'il veut supprimer la vraie nature de la vie, elle finit toujours par réapparaître un jour.

Dans un deuxième temps, c'est un roman philosophique sur la façon dont certaines personnes vont réagir dans une telle situation. Il y a ceux qui vont essayer de sortir de la ville, malgré le risque qu'ils vont faire courir aux autres populations. Il y a ceux qui vont prendre le taureau par les cornes et essayer de combattre la maladie. Il y a ceux qui vont se laisser mourir. Ça m'a intéressé parce que j'avais envie de savoir comment les gens réagissaient dans une telle situation, dans cette ville « nickel » où la civilisation semble avoir pris le dessus, où on ne voit plus le printemps que chez les fleuristes, et où la nature reprend brutalement ses droits.

Que ça soit clair, il ne faut pas comparer la peste au sida. Ce sont deux maladies bien différentes. Pour commencer, la peste est contagieuse, le sida est transmissible. Mais ce que dit Camus sur la réaction des gens face à leur maladie pourrait s'appliquer aussi au sida, à bien des points de vue.

On sait que la peste, maintenant, on peut l'enrayer. On sait le faire. Il y a plein de maladies que l'on arrive à enrayer. Mais aujourd'hui, on n'arrive pas à enrayer le sida.

Dans quelques années on y parviendra, et alors il arrivera quelque chose d'autre.

« On était heureux »

Patrice

La naissance de mes trois fils et mon mariage, ce sont probablement les plus grandes joies de ma vie.

Depuis toujours, je suis habitué au malheur. Cela remonte à ma première enfance. Mon père n'était pas mon vrai père, j'avais une mère qui n'avait pas du tout, mais du tout, l'esprit maternel ni l'esprit de famille. D'ailleurs elle a été déchue de ses droits, mon père aussi. J'ai donc été abandonné à l'âge de quatre ans. On m'a mis en pension, dans un orphelinat de bonnes sœurs, j'y suis resté un an et j'ai tenté de m'en échapper. Après j'ai été trimbalé de droite à gauche, d'abord dans une ferme, puis d'une maison à l'autre.

Et un beau jour, j'ai vu arriver un oncle et une tante qui m'ont adopté. Moi seul, pas ma sœur jumelle, je n'ai pas compris pourquoi, c'était ainsi. J'étais bien avec eux, mais ils n'avaient pas non plus l'esprit maternel. C'était un amour égoïste, pour eux, parce qu'ils n'avaient pas d'enfant. C'était un amour incomplet.

C'est pour cela que ma rencontre avec Agnès, mon mariage, la naissance des enfants ont représenté de tels bonheurs pour moi. Pour Stéphane, le premier, j'ai voulu assister à l'accouchement.

Lorsqu'on a un enfant, c'est à deux. C'était très important pour moi d'être là, d'assister ma femme moralement. C'est une chose merveilleuse ! C'est formidable.

Quand j'ai vu mon bébé pour la première fois, j'étais... mon Dieu, comment dire ? On l'aurait mis au milieu de cinq cents autres, je l'aurais reconnu tout de suite ! C'est une chose que l'on n'explique pas. Une question de sensibilité. Je n'ai pas pleuré, mais j'étais le plus heureux des hommes. Je l'ai pris dans mes bras, c'était magnifique. Je l'ai regardé sous toutes les coutures pour vérifier que tout était normal, comme tous les parents, le nombre de doigts de pied, etc. Il était beau ! Il pesait 4,880 kilos, mesurait 55 centimètres. Grand, bien proportionné... un bonheur pour un père.

AGNÈS

J'avais vingt ans quand il est né. On était si fiers ! J'avais fait une fausse couche avant qui m'avait déprimée, alors c'était fabuleux, il représentait beaucoup. C'était le premier petit-fils dans ma famille.

Et tout de suite, le lendemain, on lui a fait un test au pied, une petite prise de sang pour voir s'il n'était pas diabétique. Quand ils ont enlevé le pansement, ça continuait à goutter, ça gouttait, et ça gouttait toujours. Quand on lui a mis une sonde pour l'aider à nettoyer sa trachée, il avait déjà recraché un peu de sang. Il avait deux jours et on a commencé à se faire du souci.

On l'a séparé de moi, pour l'emmener dans le service de prématurés d'un autre hôpital et lui faire des examens. C'était dur, j'y allais tous les jours pour l'allaiter. Il manquait de vitamines K, il avait une jaunisse, ils l'ont mis sous les lampes, on lui faisait des injections... Et tout à coup, j'ai vu mon gamin avec un bandeau sur les yeux, sous la lampe, qui hurlait, avec les bras tout mauves... Je me suis dit : « Mon Dieu, mais qu'est-ce qu'il a mon fils ? Patrice, qu'est-ce qu'il a ? »

Je m'en souviendrai toujours : Patrice a commencé à chercher, il est rentré à la maison, il a regardé dans notre encyclopédie médicale et, quand on est allés voir le médecin, ça s'est passé comme ça :

Le médecin :

– Je ne sais pas ce qui arrive. Il a une jaunisse, toujours autant de bleus, quelque chose ne va pas...

Patrice :

– Il n'est pas hémophile par hasard ?

Le médecin l'a mal pris. Il a grogné qu'il allait vérifier, mais d'après lui, il n'y avait pas de raison, puisqu'il n'y avait pas d'hémophilie connue dans la famille, et que cela ne se détectait que rarement à la naissance. C'était un grand professeur, et il n'a pas aimé que Patrice ait trouvé tout seul...

Le lendemain il nous a convoqués dans une grande salle, derrière une grande table. En plus de lui, il y avait des secrétaires, ses adjoints, cinq ou six personnes, deux chaises pour nous... Là, on est entrés et on s'est dit : « Oh ! là !... qu'est-ce qui va se passer ? Qu'est-ce qu'ils vont nous annoncer ? »

J'étais déjà très angoissée. On avait déjà eu tellement d'ennuis.

STÉPHANE

J'ai eu une enfance heureuse. D'abord parce que mes parents sont restés ensemble, ce qui n'est pas le cas de tout le monde, il y a tellement de divorces. Ça, c'est une bonne chose, d'avoir des parents qui s'aiment. Et malgré l'hémophilie, malgré tous les accidents hémorragiques qu'on a eus, on était heureux.

Mes parents ont essayé de compenser comme ils pouvaient, ils ont tout fait pour nous rendre la vie moins difficile. Comme on ne pouvait pas courir ou sauter, avec Laurent, ils nous ont fait faire de nombreux jeux éducatifs. Même les copains qui venaient à la maison nous enviaient. On avait toujours une compensation aux inconvénients de l'hémophilie. Maman a trouvé un travail pour rester à la maison et nous élever en même temps. Et papa était toujours sur le qui-vive.

Quand il y a eu le sida, ils ont continué à nous entourer, surtout côté moral. Papa dit toujours que le moral c'est plus de 50 pour 100 de la guérison. Pour les soins ils sont équipés comme des professionnels. Ils savent tout faire tout seuls. Presque. Mon père, c'est presque le médecin ; maman, c'est l'infirmière. Tous les deux ils n'abandonnent jamais.

Hémophilie, sida, malgré tout je ne m'estime pas malheureux. L'amour de mes parents compte beaucoup dans cette histoire.

PATRICE

À la naissance de Stéphane, Agnès était assez perturbée, c'était un gros pépin. Pendant un certain temps on ne l'a dit à personne, sauf à la famille proche. J'attendais d'avoir un peu de recul. L'hôpital nous avait donné l'adresse d'un centre pour hémophiles à Chambéry. Et là ce fut très dur. On nous a dit :

– S'il a des hémorragies, et que l'on ne fait pas de traitements immédiatement, et même s'il n'a pas eu un traitement préventif, il aura des séquelles irréversibles, des handicaps, des articulations bloquées, etc.

Dans ce centre, j'ai vu un jeune hémophile aveugle à la suite d'une hémorragie cérébrale. Beaucoup d'enfants handicapés dans des fauteuils roulants, les articulations bloquées, la colonne vertébrale complètement difforme. Ça nous a vraiment secoués. On ne pouvait pas laisser notre enfant devenir comme ça... Il fallait tout faire pour l'éviter. Je me le suis juré.

J'ai eu des malheurs très tôt, je dirais que je suis presque habitué aux malheurs. L'oncle qui m'élevait était cardiaque et à l'époque les stimulateurs cardiaques, les *pacemakers*, n'existaient pas. Son cœur ne battait qu'à 29 pulsations par minute, il avait des malaises réguliers. J'étais chargé de le surveiller ; je l'ai cru mort je ne sais combien de fois, c'était dur pour un gamin, et j'ai pensé à la mort tout enfant, au quotidien.

À l'âge de sept ans, je savais prendre en charge les crises de mon oncle : il se levait et tout à coup tombait par terre. Ma tante, qui était souffrante aussi, paniquait. Moi, j'avais appris qu'il fallait le mettre sur le côté, la tête en arrière, desserrer sa ceinture, ouvrir les fenêtres. J'appelais l'ambulance. J'avais énormément peur qu'il meure à chaque fois, j'essayais de contrôler mes gestes, mais c'était une véritable panique intérieure. Je me disais que si mon oncle mourait, ou ma tante, c'était la fin du monde pour moi. Ça a duré de l'âge de sept ans jusqu'à mon mariage, à vingt-cinq ans.

La grande joie fut le jour où on l'a opéré pour lui mettre un *pacemaker*. Il fallait le changer tous les trois ans. C'était une nouvelle angoisse à chaque fois. Un jour, lors d'une panne de son stimulateur, il est entré dans le coma. J'avais quinze ans. Le médecin l'a déclaré mort, ça a été horrible. Et, tout à coup, il a parlé ! Il n'était pas mort, seulement en état de mort apparente. Quel choc ! Une seconde avant, j'étais pétrifié de terreur, et, soudainement, j'étais heureux, si heureux !

Il est reparti pour de longues années ensuite, mais l'angoisse était permanente ; on ne savait jamais si c'était la pile qui lâchait, ou le cœur. Je n'osais pas sortir avec des copains, je me serais senti coupable de laisser ma tante seule, elle n'était pas en mesure de lui porter secours. J'aurais eu cela sur la conscience. Je me sentais responsable.

À l'école, étant donné ce contexte familial, c'était

difficile. Je l'ai quittée à treize ans et demi, avec un niveau lamentable en orthographe. J'en faisais un complexe, que j'ai encore aujourd'hui. J'ai essayé de m'y remettre plus tard, quand j'étais déjà dans le milieu du travail. Je voulais progresser, je me sentais capable de faire des tas de choses, les mathématiques ça marchait bien, mais l'orthographe, c'est important. Je me retrouvais parfois coincé, alors je me débrouillais autrement; je ne le disais pas, mais c'était humiliant. Je voulais aussi être sapeur-pompier, passer les examens, mais je me suis rendu compte que je n'allais pas réussir à cause de l'orthographe.

Tout au long de ma vie, ça m'a gêné. Je me suis acharné, j'ai acheté une méthode. Tous les jours pendant trois ans, je me suis levé à 3 heures du matin pour apprendre avant d'aller travailler à 7 heures. Et au bout de trois ans, je n'en savais pas plus, je n'y arrivais pas. Ça ne rentrait pas, il n'y avait rien à faire. Par contre, quand j'ai pris des cours d'électricité, j'étais dans les premiers.

Le 12 mai 1975 – cinq jours avant notre mariage –, j'ai été victime d'un grave accident. Ce jour-là, je sortais de mon travail. Je me rendais chez le promoteur qui nous avait vendu notre appartement pour la remise des clefs. J'étais très heureux, ma voiture était remplie de dragées que je distribuais tous les jours à la famille, aux amis. Je remontais une avenue principale de Grenoble lorsque soudain la voiture me précédant a freiné brutalement. Elle voulait éviter une autre voiture qui venait de brûler un stop devant elle. J'ai reçu un choc violent : la voiture qui me suivait m'a percuté et projeté contre celle de devant. J'ai été blessé très gravement aux vertèbres cervicales (coup du lapin). Deux ans de traitement, 200 piqûres, de nombreuses infiltrations, une cure thermale, des anti-inflammatoires, des rayons et le port d'une minerve pendant plusieurs mois.

Évidemment, j'ai dû arrêter de travailler pendant un an. On a eu d'énormes problèmes financiers mais on s'en est sortis. J'ai vraiment beaucoup souffert mais nous n'avons pas voulu remettre notre mariage à plus tard. Le cou enflé, la tête droite, malgré tout ce fut un beau mariage.

C'est peut-être à cause de tout cela que je me méfie en permanence, que j'essaie de prévoir, que je m'attends toujours au problème suivant. Cela vient de l'enfance. Agnès a eu une enfance heureuse, elle n'était pas habituée à tout ça, elle était pour moi un rayon de soleil, toujours gaie, aimant les voyages, les sorties, les plaisanteries, souriant toujours à la vie, et tout lui est tombé dessus. Comme ça !

AGNÈS

Je suis d'une famille de cinq enfants, trois filles, puis plus tard deux garçons. J'étais la troisième. Mon père était ingénieur sur des barrages, j'avais trois ans quand nous sommes partis en Indonésie, sur l'île de Java. C'était une vie facile, je faisais tout ce que je voulais, j'étais heureuse, je courais pieds nus partout. J'avais un vrai petit singe, pas de soucis, on était bien. Nous sommes restés trois ans là-bas. Ensuite on est allés s'installer à Modane, pour la construction du barrage du Mont-Cenis; le froid, la neige, le ski pendant les hivers rigoureux. Puis, changement radical, le Maroc.

J'entrais en sixième à cette époque. Ça n'a pas très bien marché en classe. Je n'avais pas envie de travailler. J'étais interne dans un lycée à Marrakech, séparée de mes parents et de mes deux plus jeunes frères pour la première fois. Cela m'a beaucoup perturbée.

Au lycée, j'avais des copines à problèmes, et j'étais sensible à leurs problèmes, ça me passionnait beaucoup plus de les aider que de me pencher sur le travail scolaire. Et puis nous sommes rentrés en France et nous nous sommes installés à Grenoble. J'ai continué ma scolarité dans un collège. Mais sans bases suffisantes, j'ai eu du mal à poursuivre mes études. Finalement, à seize ans j'ai raté le BEPC; pour mes parents ce n'était pas trop grave. Ils n'ont jamais fait la moindre différence entre nous mais, question carrière, ils comptaient beaucoup plus sur mes sœurs aînées, plus motivées que moi. Moi, on me disait « Occupe-toi de tes frères », ou « Va avec tes sœurs... »

Alors à seize ans, je me suis retrouvée au chômage. Je me suis dit : « Chouette! plus d'école. » Malheureusement, très vite, mon père m'a trouvé un poste de manutentionnaire dans une maison d'édition de cartes postales, et j'ai commencé à travailler. Cinq mois après, j'ai rencontré Patrice.

C'était un samedi soir, à la patinoire de Grenoble, j'attendais que la machine ait fini de nettoyer la glace quand j'ai senti derrière moi une présence. Je me suis retournée et j'ai vu Patrice. Il me regardait, il m'a souri. Je suis allée patiner quand tout à coup j'ai entendu une voix me demander :

– Voulez-vous faire un tour avec moi ?

C'était lui à nouveau. J'ai dit oui. Il y a tout juste dix-neuf ans. Depuis on ne s'est plus quittés un seul jour et je ne le regrette pas. Je ne me trouvais pas trop jeune, j'avais envie d'une famille, de me marier, de m'installer, et il a parlé de mariage très vite. C'est lui qui m'a dit qu'il m'aimait le premier. Il était si sérieux, si grave, et moi toujours gaie, insouciante. Très vite, j'ai senti qu'on était très proches, que je pouvais lui faire confiance. Il est franc, c'est quelqu'un de solide.

Nous nous sommes mariés civilement en janvier 1975, j'avais dix-sept ans et demi. C'était une cérémonie simple, nous avons fait le mariage religieux cinq mois plus tard et Patrice m'a portée dans ses bras, en robe de mariée, pour passer la porte de l'appartement. C'était romantique, superbe.

Je me souviendrai toujours que pour le mariage civil, au restaurant, le chef, ne sachant pas qu'il s'agissait d'un mariage, avait disposé sur la table des bouquets de soucis. Ma mère m'en a fait la réflexion, et j'y ai souvent repensé depuis. Quel symbole ! Tous ces soucis qu'on avait mis sur cette table... Toutes ces tuiles qu'on a eues ensuite...

L'hémophilie, c'est vraiment un apprentissage des soucis quotidiens. On les inscrit régulièrement sur le carnet de santé de l'enfant. Un carnet de tuiles, plus qu'un carnet de santé.

La perfusion préventive, la prophylaxie, est devenue une seconde manière de vivre. Sur le conseil du médecin spécialiste, on perfusait tous les deux jours, sans compter les petits et les gros incidents en plus.

Un gamin qui se tord légèrement la cheville, ou le poignet, ou le genou, ou la hanche, et c'est l'hémorragie. Il suffit qu'il s'assoie sur une petite voiture, qu'il se cogne à peine au coin de sa poussette, et c'est l'hématome. Parfois on ne connaît même pas la cause. Ces hémorragies arrivent souvent spontanément.

La plupart des gens imaginent l'hémophilie avec du sang qui coule partout, et que l'on n'arrête plus. Ce n'est pas ça. Hémorragies internes, hémarthroses (hémorragies articulaires) surtout. C'est bien plus sournois. Il faut apprendre à les deviner, les surveiller. On plâtre une cheville, un genou, on perfuse, tout va bien, et trois jours après ou le lendemain ça recommence. La moindre dent de lait qui tombe, la moindre morsure de langue, le moindre choc au genou, à la cheville ou à la tête, est un danger potentiel grave. Ces hémorragies peuvent devenir invalidantes à la longue. C'est décourageant.

Je ne voulais pas que les autres touchent à mon gamin. Un bébé hémophile, c'est d'une fragilité extrême. Je ne compte plus les hématomes qu'il a eus sur le ventre et au bras simplement parce qu'on le prenait sans précautions. À force on prend l'habitude, je ne dirai pas qu'on devient fataliste, mais on apprend à deviner, à sentir le pépin grave, ou pas. On a appris à traiter l'hémophilie, Patrice et moi, en assistant à de nombreuses conférences médicales. Nous avons suivi une formation sur le traitement à domicile organisée par l'AFH (Association française des hémophiles). En fin de compte, on en sait plus sur le sujet que pas mal de médecins. Si bien que, quand Laurent est né hémophile lui aussi, on avait déjà pas mal d'expérience.

Ce que l'on voulait surtout, c'est qu'ils aient une vie plus normal possible. Le moins de frustrations possible, et leur éviter au maximum l'hôpital. Au maximum. Avant que nous soyons aptes à les perfuser à domicile, c'étaient des nuits et des journées complètes à l'hôpital. Nous avions l'impression d'y passer notre vie. J'ai trop vu de ces enfants-là dans les hôpitaux ou dans les centres, certains quasi abandonnés, sans un papa ou une maman à côté, tout près. La maison, pour les enfants malades, c'est le nid essentiel, une sécurité. Avoir des parents qui les soignent eux-mêmes, je trouve que c'est meilleur pour eux. On ne les a jamais quittés.

STÉPHANE

Par exemple, je ne pouvais pas courir. Je le savais, c'était un peu inné. Depuis tout petit, vers quatre ans, j'avais compris ça : ne pas courir, ne pas sauter. Quand j'avais un problème, il fallait me perfuser. Cela me paraissait normal, je vivais comme ça, parce que c'était comme ça. Même si c'était très dur. Mais je préférais et je préfère encore que ce soit mon père ou ma mère qui me piquent. En vacances, ils me perfusaient dans le camping-car. On avait tout le matériel, le frigo, le facteur VIII, tout était toujours prêt. Avec Laurent on avait l'habitude, la vie était comme ça.

C'est un peu plus tard que c'est devenu plus difficile encore, quand j'ai vu que les autres pouvaient courir et sauter, et faire des tas de choses en plus. Je me suis dit : « Pourquoi on m'interdit tout ça ? »

Et puis on devient raisonnable. Mon père trouvait toujours des solutions pour nous aider. Un casque pour faire du vélo, des genouillères, des coudières. On allait marcher en montagne, on faisait même de l'escalade. Laurent a fait de l'escalade, même quand il avait le sida. Ça lui donnait le moral de réussir dans ces moments-là. Il était fier !

Agnès

Après sa naissance, Stéphane est resté quinze jours à l'hôpital, et moi j'étais malheureuse. Enfin, j'ai pu prendre mon gamin, et on est vite rentrés chez nous. On ne s'est plus quittés un seul jour. Grâce à la gentillesse de mon employeur, j'ai pu avoir un travail qui m'a permis de m'occuper de mes enfants à la maison. À mon standard, je recevais les appels, je transmettais, c'était agréable et prenant, et l'avantage, c'était que Stéphane était là, à côté de moi, j'avais toujours un œil sur lui.

D'abord, j'ai eu un réflexe idiot. Pendant huit mois je n'ai pas voulu qu'on sache qu'il était hémophile. Tout le monde disait :

– Oh ! qu'il est beau ton bébé ! il est superbe !

Et c'est vrai qu'il était magnifique. Beau, blond,

superbe. Ça ne se voyait pas qu'il était différent des autres, et je me disais : « Pourquoi moi ? Pourquoi ? Qu'est-ce que j'ai fait au Bon Dieu ? Je n'ai fait de mal à personne. Pourquoi il n'est pas comme les autres ? »

On a tendance à culpabiliser les mères, puisque ce sont elles qui transmettent la maladie. En fait, c'était probablement un accident génétique, il n'y avait pas d'hémophiles connus dans ma famille. Il faudrait remonter à plusieurs générations...

Avec Patrice, on s'est dit :

– Bon ! l'hémophilie c'est quoi ?

Et on a tout lu dans les livres. Et puis on est allés dans ce centre où on nous a déclaré :

– Vous avez un petit bébé d'un mois, on ne peut rien faire pour vous. Attendez qu'il commence à marcher et à se cogner. À ce moment-là, on vous montrera quoi faire !

Ça n'avait rien d'encourageant, ce centre. À l'époque ça m'avait beaucoup traumatisée. Il faut dire que j'ai eu une enfance heureuse, épanouie, sans gros problèmes. Je me suis mariée jeune, j'étais amoureuse. Patrice, lui, avec son enfance triste, pleine de malheurs, était presque habitué. C'est pour cela qu'il fait face à tout...

Il m'avait dit :

– On se mariera et on achètera un appartement.

On l'a fait. Après il a dit :

– On aura des enfants et une maison.

C'est arrivé.

Notre maison, il l'a construite lui-même, pratiquement tout seul. Il a bâti les murs en un mois, l'été, puis, l'année suivante, les pignons. Il est très bricoleur. Il a fait les doublages en brique, les peintures, les sols, la plomberie, l'électricité... Tout, il touche à tout. À la mécanique aussi. En ce moment, il monte un ULM dans le garage pour Stéphane. Il a des mains en or.

On a toujours pris ensemble toutes les décisions. J'ai été bien avec lui tout de suite. On était amoureux, on l'est toujours. Il est travailleur, sérieux, on a travaillé dur tous les deux pour bâtir ce bonheur. Avec peu de moyens financiers, mais on y est arrivés.

Alors lui donner deux enfants hémophiles, ce n'était vraiment pas de chance! Et l'apprentissage de l'hémophilie, c'est vraiment dur!

J'ai commencé par rembourrer le lit pour que Stéphane ne se cogne pas la tête, et j'ai rembourré aussi la chaise haute. Chaque fois qu'il se cognait au bras, au genou, il avait un hématome. On rembourrait tout, tout le temps, partout.

Je me suis rendu compte que, pour maman, c'était très angoissant de le garder. Elle est adorable et très dévouée mais c'est difficile de s'occuper d'un enfant hémophile et c'est une lourde responsabilité. Même la nounou, très gentille aussi, m'a rendu une fois le gamin en disant :

– Je ne peux plus le garder, j'ai trop peur...

Ce jour-là, il a fallu prendre une décision importante, je devais arrêter mon travail pour m'occuper de Stéphane, mais malheureusement, avec le crédit de l'appartement, on avait besoin de deux salaires pour tenir le coup.

Patrice m'a conseillé de prendre une conciergerie. L'idée ne m'enchantait pas au début. Nous avons mis une annonce, la première proposition était dans un vieil immeuble, pour un petit deux pièces. On a abandonné. Quelques jours plus tard, le directeur d'un centre de formation professionnelle pour adultes me propose une place de standardiste avec un logement. J'y suis restée dix ans !

C'était inespéré pour moi, ce travail. Je pouvais élever mes enfants tout en percevant un salaire, et ça nous a permis aussi d'économiser pendant dix ans et de construire notre maison.

PATRICE

Le premier gros hématome est arrivé vers trois mois. Quand j'ai vu qu'Agnès était angoissée, et qu'elle avait du mal à accepter la situation, je lui ai dit :

– Écoute, maintenant il y a deux possibilités. Soit tu continues à le nier, tu n'en parles pas, tu gardes ça en toi, et ça ira très mal. Soit on prend le taureau par les cornes tous les deux, on s'y met vraiment, et tout ira bien. Il y a des solutions, on peut éviter les hématomes, il faut protéger les endroits fragiles.

Stéphane avait huit mois quand je lui ai construit un parc tout capitonné de mousse, avec une table en mousse, un fauteuil en mousse, sans rien de dur. Agnès a tressé un filet avec plus de 400 mètres de ficelle. Il a appris à marcher à l'intérieur, et Laurent aussi.

Je dirais que l'hémophilie, c'est une maladie de bricoleur. Il faut être bricoleur. Je ne suis pas un intellectuel, je suis un bricoleur, donc j'ai bricolé tout ce que je pouvais.

Je voulais qu'il vive le plus normalement possible. Je me souviens d'un jour, en vacances au bord de la mer, Stéphane avait une plaie au genou et le sable empêchait la cicatrisation. Ce n'était pas trop grave mais il ne fallait pas qu'il tombe sur ce genou, et que le sable s'y colle.

J'ai pris du fil de fer pour fabriquer une sorte de genouillère entourée de mousse et de bandages, bien capitonnée, de façon à obtenir une coque comme ont les joueurs de football américain. Il pouvait même se baigner avec.

Dans le camping-car, j'ai fabriqué aussi un filet de protection pour qu'il ne tombe pas de la couchette. Les vacances dans le camping-car, c'était une organisation incroyable. On emportait les flacons pour les perfusions et beaucoup de matériel. Il fallait qu'on soit prêts à répondre à n'importe quelle urgence.

Mais quand on a commencé à lui mettre des genouillères, au début, à l'Association des hémophiles, on nous traitait de fous! Pour eux, il fallait que les enfants vivent comme les autres, sans protection, quitte à se retrouver paralysés.

Moi, ça me paraissait logique. Les médecins nous disaient :

– Quand ils vont commencer à marcher, à courir, ce seront des hémarthroses aux genoux, aux chevilles, qui pourront entraîner des handicaps irréversibles. Il y a destruction des articulations. Après ce sont les hanches, et après la colonne vertébrale, ça s'enchaîne.

Alors je me suis dit : « Puisque ça commence par les genoux, il faut qu'ils n'aient jamais d'hémarthrose aux genoux, c'est simple. Et à partir du moment où ils auront passé l'apprentissage de la marche, ça ira. »

C'est ce qui s'est passé, et Stéphane et Laurent n'ont eu aucune séquelle articulaire. Pour moi, c'était déjà une sorte de défi gagné. Avec des coudières, des genouillères, un casque, on pouvait leur faire faire des tas de choses.

On y a passé beaucoup de temps, c'est sûr. Mais quand on aime ses enfants, c'est la moindre des choses.

STÉPHANE

Tout petit, ça allait. Papa a toujours bricolé, il m'a appris à lire, à nager, à skier... et je faisais des tas de jeux avec maman. Tellement que je ne m'en souviens même plus, mais ils m'apprenaient beaucoup de choses.

C'est après que c'est devenu un peu dur, plus tard. Ce qui m'a le plus manqué, ce sont les jeux d'équipe. J'aurais aimé faire des compétitions, du basket. J'étais aussi attiré par les arts martiaux ; je le suis toujours, mais ça, c'est impossible. Le judo, n'en parlons pas. Mais on a fait du ski, avec Laurent, de l'escalade, du *mountain bike*, de la natation, plein d'activités que les autres enfants ne faisaient pas toujours !

Agnès

C'est vrai que, au centre des hémophiles, ils trouvaient qu'on les surprotégeait à l'époque, mais je ne regrette rien. D'après eux, il fallait que les enfants vivent « normalement », marchent « normalement ». Résultat : certains se retrouvaient dans des fauteuils roulants. Je ne voulais pas que mon beau bébé devienne comme ça.

Chaque fois qu'il avait un hématome, on cherchait la raison, et Patrice trouvait une solution pour l'éviter si c'était possible. Il fallait ne jamais le quitter des yeux. Tous les matins, je l'habillais avec ses genouillères et ses coudières. J'avais une gamme de genouillères incroyable à la maison.

Patrice bricolait tout. Même le premier casque pour les premiers pas. On a commencé doucement, il avait quatorze mois. Quelle peur! Petits pas à petits pas, on l'encadrait, on était tout le temps autour de lui. Au début on était à vingt centimètres, et puis un peu plus loin, et encore un peu plus loin.

Stéphane faisait tout ce qu'on lui demandait. Il a un bon tempérament, il est toujours heureux de vivre. Il nous faisait confiance, on y est arrivés ensemble.

Quand il est allé à l'école, je lui ai mis des pantalons un peu lâches par-dessus les protections, des sweat-shirts pareils, comme ça il avait l'air normal. Tout était caché, mais il était protégé.

Patrice

Le deuxième défi pour Stéphane, c'était de lui permettre d'atteindre l'âge adulte intact. D'habitude on n'autorise les hémophiles qu'à pratiquer la voile, la natation et le Ping-Pong. Je voulais mieux. Je voulais que Stéphane se muscle, à petites doses. Je lui ai fait faire du ski de fond, avec beaucoup de précautions, à doses homéopathiques. Au lieu de lui faire passer son temps chez le kinésithérapeute, comme on nous le recommandait. Je trouve ça barbare. J'étais heureux de le voir heureux... Et puis on savait perfuser, diagnostiquer les hémorragies qui pouvaient être vitales, graves et invalidantes.

Après, ça a été le summum, on a fait du ski alpin. Stéphane a maintenant un niveau de « fléchette ». Et on se fait plaisir quand on fait du ski. Je me disais : « On a gagné, on a vaincu l'hémophilie! »

STÉPHANE

La passion de l'aviation, je l'ai depuis l'âge de trois ans. J'ai toujours rêvé de voler. Mes parents m'ont raconté qu'un jour j'ai failli me lancer d'un balcon, du troisième étage, tellement j'avais envie de voler. Envie de me soulever dans les airs. Parfois, il me prenait le désir de sauter dans le vide, pour voir, je ne sais pas pourquoi, c'était comme ça, et pourtant j'étais tout petit! Je ne sais pas comment est venue cette envie de voler, c'est une passion, une vraie passion.

J'ai une deuxième passion maintenant : l'informatique. C'est venu à six ans, avec mon premier ordinateur. Je faisais des jeux, des petits programmes, j'en inventais, j'en recopiais; j'adorais ça, mais c'était vraiment limité à l'époque ! Après j'ai eu un ordinateur un peu plus gros, je l'ai gardé longtemps, je programmais un peu plus, mais les jeux n'étaient pas terribles. Vers dix ou onze ans, je l'ai mis au placard après avoir vu celui de mon oncle Jean-Pascal, beaucoup plus performant.

Jean-Pascal, c'est pratiquement lui qui m'a tout appris. On est très proches l'un de l'autre. On a onze ans d'écart et je le considère comme un grand frère. Il m'aide beaucoup dans ma maladie. Souvent, quand il vient le week-end, ensemble nous passons du temps sur mon PC ou sur ma console de jeux. J'ai un autre oncle, Joël, qui lui aussi a été merveilleux pour nous. Je les adore tous les deux.

AGNÈS

Des enfants, j'en voulais cinq, six, sept ! J'adore les enfants ! Mais je m'étais dit : « Pas tout de suite. » Il faut d'abord prendre le temps, attendre que Stéphane ait au moins cinq ans. Jusque-là, c'est la période qui est la plus difficile avec l'hémophilie. Dès qu'il a passé cet âge, et qu'il va à l'école primaire, un enfant est plus raisonnable, et on a cent fois moins de problèmes.

Mais on n'a pas choisi. Je suis retombée enceinte avec un stérilet ! Le pourcentage, c'est toujours pour nous ! Au début de ma grossesse, nous avons consulté un généticien qui a fait faire des prélèvements sur plusieurs membres de notre famille afin d'évaluer les risques héréditaires.

D'après les résultats des examens, il s'avérait que l'hémophilie de Stéphane était accidentelle, et que cela ne devait plus se reproduire.

Pour en être sûr, à l'époque, il fallait aller en Angleterre faire un examen de sang prélevé sur le cordon ombilical, avec 50 pour 100 de chances d'avorter... J'ai réfléchi, on a réfléchi tous les deux. L'avortement thérapeutique, non, l'avortement accidentel non plus. Cet enfant avait voulu venir, malgré un stérilet, c'est qu'il devait venir.

À dix-sept semaines, on m'a dit qu'avec une amniocentèse on pouvait déterminer si c'était un garçon ou une fille, et surtout s'il était trisomique. Il y avait encore des risques de perdre l'enfant, mais moins importants. Cette fois j'ai pris le risque, et tout s'est bien passé. Mais c'était un garçon !

Le médecin nous a donné son avis : il était contre l'avortement en général, et dans ce cas il y avait une très faible chance que l'enfant soit hémophile...

Restaient les gens, ceux qui disaient :

– On n'a pas le droit de mettre au monde des enfants comme ça !

Mais moi, je pensais : « Cet enfant, il passe au travers du stérilet, il passe au travers de l'amniocentèse... J'ai déjà eu une fausse couche qui m'a bouleversée avant Stéphane. C'est mon troisième bébé. Si je ne peux plus en avoir, je serai malheureuse toute ma vie de l'avoir tué alors qu'il voulait venir. » On a décidé qu'on l'appellerait Laurent. On a attendu Laurent, et Laurent est venu.

Patrice

Quand on a eu Laurent, je pensais, Agnès aussi, que les tests qui avaient été pratiqués après la naissance de Stéphane étaient fiables. En réalité ils ne l'étaient pas. Ils ne permettaient pas d'affirmer que ma femme n'était pas conductrice.

Moi, j'adore les enfants, Agnès aussi. Si notre situation financière nous l'avait permis, on en aurait eu plus. Mais dans les conditions actuelles, trois c'est le maximum.

Et puis Agnès adore attendre un enfant. C'est un état dans lequel elle se sent, je ne sais pas comment dire, magnifique, heureuse. Porter la vie, c'est la chose la plus formidable du monde. Alors Laurent est né.

J'ai assisté à l'accouchement avec autant de joie que pour Stéphane. Je ne les ai pas quittés une minute. Agnès a eu une hémorragie. Après l'accouchement, il a fallu la transfuser. Heureusement pour elle, on était en 1980. On l'a endormie, elle a seulement eu droit à un câlin de quelques secondes avec le bébé, et ils ont pris Laurent, pour le prélèvement de sang.

Plus tard, quand Agnès s'est réveillée en salle de travail, ils ont ramené Laurent et l'ont mis dans ses bras. À ce moment-là, l'infirmière est entrée, le visage bouleversé. On l'a regardée, on a compris tout de suite. Laurent était également hémophile. Elle est partie. Je me souviens, on a pleuré en serrant le bébé entre nous...

STÉPHANE

Je me rappelle, quand j'étais petit, quand Laurent est né, je disais à maman :

– Quand est-ce qu'il pourra jouer avec moi ?

J'avais trois ans et j'étais tout seul. C'était dur d'attendre qu'il puisse jouer avec moi.

Finalement je suis arrivé à lui apprendre des tas de choses. Je devais avoir huit ou neuf ans, et lui cinq ou six ans, et on jouait à des jeux pour de bien plus grands que lui. Des jeux où il était écrit sur la boîte : « Plus de dix ans » !

Je lui avais tout appris, même le Monopoly. Puisqu'on était hémophiles tous les deux, et qu'on ne pouvait pas trop courir comme les autres, c'était comme ça qu'on se retrouvait. On était si proches.

Je me suis beaucoup occupé de lui. Puis, quand je suis entré en sixième, j'ai un peu arrêté, et j'ai laissé tomber nos jeux. Il l'a ressenti. Plus tard, vers la fin, j'ai recommencé. Mais au moment de mon entrée au collège, lui, il était encore en primaire, l'écart s'est un peu creusé entre nous. Il voulait que je joue avec lui, et moi j'avais des copains, des passions et mes devoirs à faire, ce n'était plus comme avant.

Mais justement, j'espérais que, lorsqu'il entrerait au collège lui aussi, on se retrouverait. Mais quand il est arrivé en sixième, il était déjà bien fatigué. Il a passé une demi-journée en classe ; moi, j'étais en troisième. On n'a pas pu se retrouver. Il me manque, pour tout ça, il me manque, parce que l'on n'est plus ensemble. Je l'aimais tellement.

Agnès

Quand l'infirmière est revenue avec Laurent dans les bras, on a vu son regard, on a compris. Avec Patrice on a pleuré. On avait espéré... Et puis, après les larmes, comme toujours, on s'est dit tous les deux :

– Bon, qu'est-ce qu'on fait ? Eh bien ! on va faire face et continuer.

Je suis restée cinq jours à la maternité, le bébé dans mes bras. Il ne fallait pas qu'on y touche, j'avais trop l'expérience de Stéphane, je ne voulais pas qu'on lui appuie sur le ventre, qu'on lui fasse un hématome, et retrouver mon tout petit avec une perfusion...

Il est né le 21 juillet 1980, trois ans après Stéphane. Stéphane venait de tomber du lit, et sur la figure, je me souviens, il avait encore les marques de ses bleus. Il avait attendu la naissance de Laurent avec nous, avec moi, on en parlait beaucoup. C'était très fort entre Stéphane et moi cette attente, on était toujours ensemble, il l'a vécue avec moi, et sur moi, et contre moi. On attendait Laurent. Quand il l'a vu arriver, il était content ! Je me suis dit : « Finalement c'est comme ça ! Ils sont hémophiles tous les deux, ils seront élevés de la même façon, il n'y aura aucune différence entre eux. » Je vois toujours le côté positif des choses.

Patrice

Tant qu'on ne savait pas faire les piqûres, on passait des jours, des nuits, des dimanches, des jours de fête à l'hôpital. J'ai dit à Agnès :

– On va étudier la maladie à fond, faire des stages, aller à des conférences médicales, rencontrer des familles et bénéficier de leur expérience. Il faut en savoir autant que les médecins sur l'hémophilie, et même peut-être plus. Avec de l'expérience on maîtrisera le mal, il faut être plus fort que la maladie, anticiper, et tout connaître.

J'ai donc appris en premier à faire les piqûres, ensuite je l'ai appris à Agnès, pour qu'elle soit indépendante. Et la vie est devenue beaucoup plus facile. On n'était plus obligés de courir à l'hôpital tout le temps, sauf accident grave.

À l'école, c'était simple. Dès qu'un enfant se plaignait de quelque chose, l'instituteur avait le numéro d'Agnès, qui travaillait à son standard. Elle était toujours présente. Moi, j'avais un Eurosignal branché en permanence sur moi. L'Eurosignal a beaucoup marché. On avait deux lignes : ligne 1 et ligne 2. Quand la 1 s'allumait, je savais que c'était important, mais que j'avais cinq minutes pour rappeler. Quand c'était la 2, ça voulait dire que je devais foncer directement à l'hôpital, parce que l'un des enfants partait dans une ambulance ou une voiture des pompiers avec Agnès.

J'avais signé une décharge pour l'école : nous étions seuls responsables. C'était un moyen de rassurer les enseignants. On voulait éviter de les enfermer dans un centre pour hémophiles, ou à la maison. Pour qu'ils soient le plus possible comme les autres.

Très peu de personnes acceptent de garder un

enfant hémophile... Les gens ont peur. Et je les comprends. Nous, on avait deux petits garçons hémophiles A, majeurs, c'est-à-dire graves. Moins de 1 pour 100 de facteur VIII. Ils avaient donc des problèmes en permanence. C'était à nous d'en prendre la responsabilité.

Chaque hémophile est un cas particulier, il réagit différemment aux hémorragies et aux traitements. Connaissant nos enfants, nous étions donc les plus compétents pour les soigner. À l'époque, les médecins ne suivaient qu'une heure environ de cours sur l'hémophilie pendant leurs études. Lorsqu'ils exercent, ils ne rencontrent que très rarement des hémophiles majeurs.

STÉPHANE

Il y a des parents que je ne comprends pas. Certains sont incapables de faire un sacrifice pour leurs enfants, rien. D'autres qui les empêchent d'exister comme ils voudraient. D'autres qui ne pensent qu'avec leur égoïsme. D'autres qui divorcent. Pour un enfant, avoir un amour dans un coin de la France, et un à l'autre bout, ce n'est pas une bonne chose. Des parents qui aiment leurs enfants, c'est important, c'est normal. Ce sont les autres qui ne sont pas normaux.

Laurent et moi, on a eu de la chance. Je me répète, mais je trouve ça super important. Ils étaient toujours là. Ils sont toujours là, pour tout. Ce n'est pas donné à tout le monde.

AGNÈS

Patrice est très maternel. Il est comme moi ! Ses gamins, ce sont ses entrailles. Il se débrouille avec tout. Il demande :

– Tu l'as fait manger ? Oui, non ?

Si c'est non, il le fait. Puis :

– À quelle heure il va à l'école ?

Et ainsi de suite. Il enchaîne les choses avec moi, naturellement sans problème. On se complète. Il a langé, baigné Stéphane et Laurent autant que moi.

On est allés partout avec les gamins, après la naissance de Laurent. Patrice avec la poussette ou Stéphane dans les bras, moi avec le kangourou... L'île de Ré, l'île d'Oléron, l'île d'Aix, La Rochelle, les marais poitevins en barque ! On ne tenait pas en place ! C'était notre manière de fuir les problèmes à ce moment-là. Et même après, on partait en vacances avec tout ce qu'il fallait.

J'ai tellement assumé ! Les carnets d'hémophile, j'en ai rempli plus d'un ! En dix années, 120 hémarthroses de cheville pour les deux, ça veut dire 120 fois perfuser, immobiliser la cheville enflée dans une attelle plâtrée pendant plusieurs jours, rééduquer. Et pof ! ça relâche ! Il faut tout recommencer, et entre-temps, c'est une hémorragie dans la gorge, une plaie sur la langue.

En septembre 1987, il a fallu hospitaliser Stéphane pour un zona ophtalmique. C'était très douloureux et il souffrait beaucoup. Les médecins l'ont mis sous traitement Zovirax et morphine pour atténuer les souffrances. Et voilà que trois jours plus tard, en début d'après-midi, il se plaint d'une douleur importante au ventre, dans la région de l'appendice. Il le dit au médecin, qui l'examine et diagnostique une appendicite aiguë.

Quelques instants plus tard, un interne vient l'examiner à son tour, puis le chef de service et le chirurgien, en renfort. Patrice supportait de moins en moins cette accumulation de palpations faites sans précaution. Stéphane est un hémophile grave. Alors il a voulu stopper le défilé des médecins en leur expliquant pourquoi il fallait qu'ils arrêtent : ils risquaient de provoquer une hémorragie interne.

On lui a répondu :

– Vous exagérez ! Il ne risque rien !

Patrice s'est obstiné malgré leur assurance, il leur a interdit de continuer les manipulations.

Quelques heures plus tard, Stéphane, qui souffrait toujours de son zona et de son appendicite, s'est plaint d'une douleur supplémentaire à la vessie. La douleur nouvelle s'amplifiait d'heure en heure. Il l'a dit aux médecins, qui l'ont de nouveau examiné, avec un peu plus de précautions cette fois, et là ils ont quand même décidé de faire une échographie.

C'est toujours difficile ! Chaque fois que nos enfants subissent des examens, Patrice impose sa présence pour pouvoir comprendre, étudier, discuter avec les médecins en toute connaissance de cause. Il faut savoir si tel ou tel examen ne va pas entraîner des problèmes hémorragiques. Et la plupart du temps, on a affaire à des médecins qui connaissent très mal l'hémophilie. C'était le cas ce jour-là.

Patrice est donc resté pour l'échographie, et il a vu que Stéphane avait une tache anormale au niveau de la vessie. Le médecin a diagnostiqué : « Infection de l'appendice, qui se propage à la vessie. C'est lié au sida. » Patrice, lui, trouvait cela illogique. Il n'y avait pas de continuité infectieuse apparente entre les deux organes. Alors on a pensé que cette tache était une hémorragie abdominale, causée par les palpations à répétition. Nous l'avons dit au médecin, qui nous a affirmé que cela lui paraissait impossible.

Dans la soirée, vers 21 heures, Stéphane souffrait beaucoup. Patrice et moi, nous étions convaincus qu'il s'agissait d'une hémorragie abdominale, et nous avons décidé de le perfuser sans tenir compte des médecins. On a trop l'habitude, on sait qu'il ne faut pas prendre de risque.

Deux heures plus tard la douleur de la vessie s'était atténuée, ce qui confirmait bien entendu la thèse de l'hémorragie interne. Le lendemain Stéphane ne souffrait plus à cet endroit-là. Mais l'opération pour l'appendicite était programmée ce même jour à 18 heures. Alors, avant de le laisser partir pour la salle d'opération, Patrice a injecté à Stéphane du facteur VIII, il a mis une perfusion en place et, comme d'habitude, il a pris l'entière responsabilité du traitement antihémophilique de Stéphane.

Lorsqu'il fait cela, il en rend compte au médecin, et lorsqu'il a le moindre doute sur le dosage ou la fréquence des perfusions nécessaires, il consulte les spécialistes en hémophilie. Patrice se renseigne toujours beaucoup avant d'agir. Il est d'une prudence extrême. Sans cette prudence, ce jour-là, on aurait pu perdre Stéphane.

Une heure après, le chirurgien est sorti de la salle d'opération, l'air très étonné. Il ne savait pas, lui, on lui avait juste dit d'opérer une appendicite ! Il nous a dit :

– J'aimerais comprendre, je viens d'opérer, j'ai tout regardé : pas d'infection au niveau de la vessie. Par contre j'ai épongé un demi-litre de sang environ !

Patrice avait raison. Si on ne l'avait pas perfusé en cachette la veille, le gamin y passait ! On en connaît un que le médecin n'a pas voulu perfuser pour une « petite bosse »... Patrice avait fortement conseillé aux parents de le perfuser, il insistait, et le médecin lui a dit :

– Monsieur Gaudin, vous exagérez toujours.

Le petit était tombé d'un divan sur la moquette... une « petite bosse »... Ils n'ont pas la notion de l'urgence hémophile. Nous, on sait.

Huit jours après, on est allés à l'enterrement de ce petit enfant. Voilà.

PATRICE

J'étais heureux. On était devenus autonomes, on perfusait nous-mêmes, on évitait l'hôpital au maximum. Je me suis battu pour obtenir une structure adaptée à l'hémophilie. On a eu de gros problèmes avec les hôpitaux. Pour qu'une infirmière puisse piquer tout de suite et injecter le facteur VIII, il lui faut l'accord, la présence d'un médecin. Souvent le médecin n'était pas là. Je voulais piquer moi-même, on me refusait ce droit. J'ai eu des discussions épouvantables.

Moi, je disais :

– J'ai la vie de mon fils entre les mains. Je ne veux pas prendre le risque qu'il ait des séquelles à vie. Un hématome à la tête peut donner une hémorragie cérébrale... Un hématome mal placé, un handicap à vie...

Je me suis battu comme un diable; j'ai mis un an au moins à obtenir ce droit de perfuser moi-même à l'hôpital. Maintenant, 80 pour 100 environ des perfusions et examens de sang sont effectués par Agnès ou moi. Nous préférons le faire nous-mêmes pour préserver le bon état de leurs veines, très important pour un hémophile.

Une fois j'ai même dit aux infirmières :

– Je dois faire bouger les choses. Je ne veux pas prendre le risque qu'un jour un de mes fils soit handicapé parce qu'on aura attendu l'autorisation de quelqu'un! J'ai le devoir de le faire, c'est mon devoir de père!

Parfois c'étaient des conflits très durs. J'ai gagné beaucoup de combats, c'est vrai. Agnès aussi. Le combat contre l'hémophilie, on l'a gagné tous les deux.

On était heureux. Très heureux. Le troisième enfant, Alexandre, ce fut d'un commun accord. En huit ans, la médecine avait fait beaucoup de progrès. On a fait un prélèvement du trophoblaste [1], sans douleur, avec une échographie. Le lendemain, coup de téléphone pour nous apprendre que c'était un garçon. J'ai dit à Agnès :

1. Couche superficielle des villosités placentaires à partir de laquelle on peut effectuer une étude génétique qui permettra de déterminer si l'enfant est atteint de certaines anomalies.

– Avec notre chance habituelle, celui-ci aussi sera hémophile.

Quinze jours plus tard, on a reçu un coup de téléphone qui nous annonçait :

– Il est normal, tout va bien.

Là, on a sauté de joie tous les quatre. On a attendu Alexandre. Pas d'hémophilie. On avait trois garçons, et Agnès adore les enfants. Elle était si fière de ses garçons.

Heureux, on était vraiment arrivés à être heureux. Stéphane apprenait bien à l'école, il avait plus de facilités que Laurent, mais ils arrivaient à peu près au même résultat, Laurent travaillait juste un peu plus que Stéphane... On avait tout surmonté. Ils avaient grandi sans séquelles, ils étaient beaux, ils faisaient du sport, des tas d'activités. On avait passé le cap des années difficiles, plus de dix ans à se priver, à faire attention à tout, à être près d'eux ; Agnès avait abandonné son travail pour tenir une conciergerie et les élever au plus près ; mon patron me laissait prendre des congés sans solde pour m'occuper des enfants avec elle. Je construisais notre maison. On n'avait pas beaucoup de moyens financiers, mais on trouve toujours à se distraire avec peu de chose.

Puis Alexandre est né, il n'était pas hémophile, il n'avait pas de problème.

J'avais trois fils, j'étais un père comblé, moi qui n'avais pas connu le mien. Ils allaient grandir, devenir adolescents, puis adultes. On s'était tellement battus, tellement, jour après jour. On l'avait mérité ce bonheur tranquille.

Et le sida est arrivé.

La lutte contre la mort

Agnès

En janvier 1989, Laurent allait mal. Le médecin ne lui donnait pas six mois. Il se vidait complètement, il avait des diarrhées, il maigrissait, maigrissait... Le médecin, complètement affolé, nous a dit :

– C'est le sida, il faut commencer un traitement.

Il a dit devant Laurent :

– Je ne peux plus rien faire pour lui.

À l'époque les premières indemnisations arrivaient. On les a refusées, car il fallait signer une renonciation de poursuite en justice pour toucher 100 000 francs. C'était l'indemnité d'un hémophile séropositif par transfusion, 100 000 francs !

On a donc refusé ce fonds privé. On avait porté plainte contre ces médecins qui avaient empoisonné nos enfants, et il n'était pas question d'arrêter la procédure. D'autre part, on ne pouvait pas demander le fonds public, car il fallait être en sida déclaré (c'est-à-dire au stade le plus avancé de la maladie). Stéphane et Laurent ont été « déclarés sida » tous les deux en mars 1991.

En octobre 1988, après un léger choc à la tête, Laurent a eu une première hémorragie cérébrale. Il était mal, très mal... il était couché, en réanimation. On était derrière la vitre avec Stéphane, on ne le quittait pas des yeux. Il est devenu tout rouge, il s'est mis à baver. J'ai eu une peur, une telle peur... On s'est mis à taper contre les vitres parce que le médecin ne voyait pas ce qui se passait. Je ne comprenais pas ce qui arrivait à Laurent, je n'avais jamais vu une telle convulsion.

Là, je l'ai vu partir... Je me souviendrai toujours de ce moment, mon petit gamin tout rouge, qui ne nous regardait plus. Il avait les yeux vides, dans le vide.

Ils sont vite venus autour de lui, ils nous ont éloignés. On se serrait la main avec Stéphane en se disant :

– On va perdre Laurent, on va perdre Laurent...

Le scanner a diagnostiqué : hémorragie cérébrale. Alors on a perfusé, piqué, repiqué. Et il s'en est sorti.

En même temps, il fallait lutter contre les diarrhées terribles. On a entamé un régime alimentaire, on a essayé de se battre avec des petits moyens. Il allait bien mieux. Les diarrhées se sont arrêtées.

Un tour de manège, lors d'une fête foraine, a provoqué une autre hémorragie cérébrale plus importante en avril 1989, mais qui s'est mieux passée que la première. Malgré cela l'année n'a pas été trop mauvaise. Il était bien. On reprenait espoir. On se disait qu'il allait guérir.

Pour cette hémorragie, nous avions dû le perfuser en grande quantité, ce qui avait désorganisé ses défenses immunitaires. Nous avions refusé le traitement contre le sida, car il était immunodépressif et avait des effets secondaires redoutables.

Les médecins n'étaient pas contents, bien sûr. Seulement, tous nos amis hémophiles qui avaient suivi ce traitement étaient dans un état lamentable. Ils nous avaient montré leurs examens de sang, c'était terrible, pire que Stéphane et Laurent. Eux, ils avaient leurs globules rouges, leurs globules blancs et leurs plaquettes. Les autres étaient dans un état d'anémie terrible. Il y en a un qui est devenu fou. Il a été interné. D'autres sont morts dans de terribles souffrances. En plus, quand on prend certains de ces médicaments, il y a des traitements qu'on ne peut plus suivre pendant trois ans... Et ça ne servait à rien! On se disait : « À quoi bon leur faire prendre ça? À quoi bon les droguer puisque les autres sont plus mal encore? »

On n'avait plus du tout confiance dans les médecins, après ce qu'ils avaient fait.

PATRICE

Quand j'entends dire tous les jours : « Ça y est! On a trouvé quelque chose pour le sida, on avance, on va réussir », je n'y crois pas. Il y a des charlatans qui trouvent de prétendus traitements, des malades qui croient se sentir un peu mieux et qui se trompent. On nous parlait de certains nouveaux traitements comme de la panacée ultime! Il faut faire la synthèse de tout cela. Ne pas se tromper. Je me dis : « Si je me trompe, j'aurai ça sur la conscience. »

Il arrive que des malades se laissent empoisonner par certains médecins. Ils prennent n'importe quoi. Moralement ils s'en moquent, ils ont abandonné et s'en remettent aux autres.

Moi, je sais que la médecine pour le moment n'a que très peu à nous offrir. Je sais que si Laurent avait suivi ces traitements en janvier 1989, on n'aurait même pas pu le soigner avec autre chose pour sa toxoplasmose...

Je cherche les informations partout, je me renseigne, j'étudie, je me méfie, je fais la synthèse. C'est une bagarre de tous les jours. J'aurais trop peur de passer à côté de quelque chose. C'est une lourde responsabilité.

Pour Laurent, est-ce que je suis passé à côté de quelque chose d'important ? J'en sais plus aujourd'hui qu'à l'époque.

J'aurais peut-être pu retarder encore... À un moment, j'ai même demandé à nouveau à Agnès si elle ne pensait pas que l'on devrait prescrire les traitements que l'on nous proposait. On s'est remis en question tous les deux, on en a reparlé pendant des jours. On a voulu recontacter les gens qui les prenaient et que l'on connaissait. C'était épouvantable. Ils étaient tous morts. Ils ont été contaminés en même temps que Laurent et Stéphane, et ils sont tous morts avant.

STÉPHANE

Certains médicaments sont cotés en Bourse ! C'est malsain. Pour un médicament, faire de l'argent, je trouve ça malsain. L'industrie pharmaceutique doit faire des bénéfices... Il faut qu'elle en fasse, mais de façon modérée. J'ai entendu dire par un journaliste qui s'occupe de l'affaire du sang que certains médecins faisant partie d'un protocole de recherche, lorsqu'ils trouvent un client pour certains traitements, sont rémunérés. C'est malsain !

Beaucoup de sidéens ont arrêté leur traitement parce qu'ils se sentaient beaucoup plus mal encore avec ce qu'on leur donnait, certains sont morts dans des souffrances abominables.

La recherche médicale piétine. Ils trouveront certainement. Quand ? Je ne sais pas. Peut-être dans dix ans ? Mais de toute façon, ils se retrouveront nez à nez avec autre chose, un autre virus, plus grave, qu'ils mettront quinze ans à dénicher.

Je crois qu'ils se rendent compte en ce moment qu'ils sont sur une voie de garage. Ils savent qu'ils n'arrivent à rien, et qu'ils n'arrivent pas, surtout, à imaginer autre chose. À trouver une autre façon de voir, d'inventer. Ils sont allés loin, et ils sont au bout. Ils n'ont pas la solution, c'est la voie de garage.

Est-ce qu'ils ne devraient pas essayer de mieux s'attaquer aux causes des maladies plutôt qu'aux symptômes ?

Plus jeune, j'aurais aimé être chercheur, mais pas dans le domaine médical, pas pour me borner à des lois apprises dont on ne sort pas.

Je rectifie : me borner à des lois morales, si.

Agnès

Laurent a commencé à souffrir par phases. Il a été « déclaré sida » en mars 1991 à la première toxoplasmose cérébrale. On était partis faire du ski, parce qu'il en avait envie, mais il tombait comme une masse, il perdait l'équilibre. On a d'abord pensé à une nouvelle hémorragie cérébrale, on l'a vite emmené à l'hôpital faire un scanner. Il disait :

– Maman, j'ai mal... j'ai mal...

C'était une toxoplasmose cérébrale, une infection provoquée par un parasite, le toxoplaste. J'ai entendu le médecin dire :

– C'est une poche de pus, un abcès qui se développe dans la tête, comprime certaines parties du cerveau et détruit un certain nombre de cellules.

Laurent ne pouvait plus parler, il avait perdu l'usage de la parole, il n'arrivait plus à bouger un bras. Puis il est tombé dans le coma. On lui a donné des médicaments, ça lui a permis de remonter la pente, de stopper la toxoplasmose, mais ça l'a affaibli aussi.

L'hôpital... on n'y était pas bien. Lui non plus. Il voulait rentrer à la maison. En fait, on y a passé peu de temps, deux fois quatre jours seulement pour Laurent en trois ans. On dormait tous les deux à l'hôpital avec lui. Dès qu'il a pu reparler, les premiers mots qu'il a dit, c'était :

– Maman... rentrer à la maison.

On est rentrés. C'est là qu'il a été « déclaré sida ».

À partir de là, on appartient à une catégorie d'individus. On n'est plus de simples séropositifs.

D'ailleurs, quand les gens abordent le sujet, ils demandent tout de suite :

– Vous êtes quoi, vous ?

On répond :

– Sida déclaré...

Il y a plusieurs phases dans le sida. D'abord, c'est la séropositivité, puis les défenses immunitaires commencent à descendre, des ganglions apparaissent un peu partout. Ensuite c'est le pré-sida : des bronchites, des toux qui ne s'arrêtent pas, des pertes de poids, des petites maladies. Enfin, une grave maladie « opportuniste » : sarcome de Kaposi, ou cancer, ou toxoplasmose cérébrale. C'est le sida déclaré.

Le médecin signe un papier, on est « déclaré » à la préfecture, pour le recensement des sidéens.

On a l'impression de porter une étoile jaune.

Laurent Gaudin, sida déclaré, phase 4, catégorie 1 ou 2, selon la gravité.

Pendant un mois, j'ai dormi avec Laurent sur le divan. Ou il dormait dans sa chambre et moi dans le lit du dessous. On faisait les perfusions de son médicament, avec Patrice, tout seuls, ici, à la maison. On était mieux chez nous. On ne le quittait pas.

Il a récupéré, réappris à parler, à marcher, on rêvait de voyage avec lui. Il aimait tant les voyages.

STÉPHANE

On a été déclarés sida à peu près en même temps. J'ai beaucoup maigri. Ça m'est arrivé deux fois, et j'ai repris deux fois. Laurent perdait aussi du poids, mais il avait du mal à le récupérer. Il ne le récupérait pas, en fait. La fatigue le prenait de plus en plus. Il n'avait plus envie de rien. On jouait encore, mais il avait du mal après la « toxo ».

Laurent... ce qui pouvait le motiver, je ne savais pas ce que c'était. Avant, l'ordinateur, les jeux, tout ça, il aimait bien. Mais fatigué, je crois qu'il n'arrivait plus à se raccrocher. Il n'avait pas vraiment de passion. Quand il a eu un peu d'argent, il s'est acheté une console Nintendo. Il aimait bien y jouer un peu, mais ce qu'il aimait surtout, c'est que les autres viennent jouer dans sa chambre, il aimait bien les regarder jouer, il était très généreux. Il aimait bien offrir des choses aux autres, à Alexandre et à moi.

Je pense qu'il avait surtout beaucoup de rêves. Aller en Guadeloupe par exemple, c'était un rêve. Mais chaque fois qu'il avait un rêve, ça ne correspondait pas exactement à la réalité. Le rêve est toujours mieux que la réalité. Ça ne collait plus. Si j'avais pu trouver quelque chose qu'il aimait bien, j'aurais pu l'aider à le faire. J'aurais tout fait pour l'aider.

Patrice

Malheureusement, on n'avait pas les moyens de lui offrir des voyages. C'est mon plus grand regret, de ne pas lui en avoir offert plus. J'aurais vendu la maison, j'aurais pris un crédit sur vingt ans, si j'avais su...

Je lui aurais payé tous les voyages qu'il voulait, si j'avais su qu'il allait disparaître si vite. Mais je n'y croyais pas, je me disais : « Il n'y a pas de raison, il s'est remis de tellement d'épreuves, il va s'en sortir. »

Quand on se promenait en montagne, j'avais tendance à le forcer, à le tirer vers la vie. Je lui disais :

– Regarde comme la vie est belle. Les montagnes, la nature, la lumière, c'est magnifique !

Il appréciait, mais il était déjà trop fatigué. Il nous aurait fallu des moyens financiers bien avant, deux ans ou trois ans avant. On l'aurait raccroché à la vie, stimulé, il aurait mieux combattu, mais, là, c'était trop tard, il n'avait plus la force.

On a lutté trois ans contre cette fatigue. Il voulait tout le temps aller dormir. Pour moi, aller dormir, c'était se préparer à la mort. Plus il se reposait, plus il dormait, plus il était fatigué. Lorsque l'on n'a plus d'activités, en un rien de temps les muscles s'atrophient. Dès qu'il remarchait, c'étaient les hémorragies et les perfusions. Un cercle vicieux. Il fallait trouver la moyenne, le forcer à bouger, mais pas trop, de façon que ce soit supportable pour lui.

Nous, ce que l'on a supporté pendant son dur combat était atroce.

On faisait des séances de respiration pour l'oxygéner, quand il avait du mal à respirer. Je lui disais :

– Laurent, on va ouvrir les fenêtres, on va faire une séance.

En le faisant avec lui, ça passait beaucoup mieux. On le prenait dans les bras, Agnès ou moi, on respirait en même temps. On faisait tout avec lui.

Il a eu le moral longtemps, c'est dans les trois dernières semaines qu'il a décroché. Je ne me doutais pas que c'était à ce point. Je voulais tellement le sauver. Agnès disait :

– Laurent s'affaiblit, il est en train de maigrir. Il va mal...

Et moi, je regardais les examens, je m'obstinais dessus, et je répondais :

– Il n'a pas de carence, les T4 sont stationnaires, il est faible, mais il va redémarrer...

Les médecins, parfois, étaient convaincus qu'il ne passerait pas la semaine, et ils n'avaient aucun remède, aucun moyen de le sauver. Ils me disaient :

– C'est terminé...

Je répondais :

- Non, ce n'est pas terminé ! Non ! Ce n'est pas possible...

Il a récupéré de la première toxoplasmose. Il a remarché, reparlé, alors que pendant des semaines on s'était servis de petits billets pour le comprendre : « Faim », « Jouer », « Boire », etc.

Il a reparlé, réussi à articuler les mots essentiels. Lui qui ne pouvait plus bouger, qui faisait sous lui, il s'est remis debout, il a remarché. Il se promenait à nouveau autour de la maison. J'avais l'espoir.

Agnès

Plusieurs fois, Stéphane m'a demandé :

– Est-ce que Laurent va mourir ?

Je lui répondais :

– Mon Dieu, j'espère que non.

À la deuxième toxoplasmose, en septembre 1991, le 12 septembre, il est tombé dans le coma. On lui a fait un scanner. Il avait de drôles de tremblements, et une haleine étrange. Mon gamin sentait la mort. Elle était là, dans son souffle.

Je n'oublierai jamais cette impression que j'ai eue. Patrice discutait avec le médecin, j'étais dans le couloir. Alors je me suis mise dans un coin et j'ai prié, prié, longtemps. Jamais je n'avais prié comme ça.

Il est passé de l'autre côté, j'en suis sûre. J'ai tellement prié cette nuit-là... Je le tirais vers nous, je lui disais : « Reviens! Ne t'en va pas... ne t'en va pas... »

J'ai l'impression qu'il est revenu pour nous offrir un dernier Noël. Il était vraiment parti loin, et je ne sais pas comment on l'a récupéré. Les médecins avaient dit qu'il ne passerait pas la nuit. Petit à petit, il a rouvert les yeux, on était tous là à l'encourager.

On a recommencé à rêver. C'est là que j'ai acheté les billets pour la Guadeloupe. Pour son rêve.

STÉPHANE

Laurent a eu des moments de cafard comme moi, mais il ne pouvait plus se raccrocher à la vie. Il s'est demandé : « Finalement, la vie, qu'est-ce que c'est ? »

Maman nous a dit que, à la deuxième toxoplasmose, il était passé de l' « autre côté ». Elle l'a senti s'échapper, partir. Mais elle l'a tellement raccroché, en lui disant de rester avec nous, qu'on allait partir en voyage en Guadeloupe avec lui, qu'il est revenu. Après, quand il a vu qu'on ne referait pas de voyage de sitôt, je pense qu'il a dû faire la comparaison avec ce qu'il avait vu de l'« autre côté ».

PATRICE

Ce voyage en Guadeloupe, il s'y est accroché à bloc. Nous avons de la famille là-bas. Laurent adorait ses cousins et sa cousine, il ne les avait pas revus depuis qu'ils étaient partis s'installer en Guadeloupe. On pensait aller les voir un jour, mais rien de plus précis. On n'avait pas les moyens financiers. Mon beau-père, généreusement, nous a offert le voyage. Quand on a dit à Laurent : « On y va », il était émerveillé de passer Noël là-bas. Prendre l'avion, visiter, faire des promenades, tout un tas de choses... il se faisait un cinéma dans sa tête, et il était heureux.

AGNÈS

Il avait déjà perdu 6 kilos au moment de la toxoplasmose. Jusqu'à la Guadeloupe, il n'a pas tellement changé. Il a commencé à se dégrader la première semaine du séjour. Je ne connais pas de maladie qui dégrade à ce point. Qui fasse d'un être un mort vivant. C'était le pire à supporter. Je ne pouvais plus le regarder. Par moments, il avait lui-même des regards, des absences, un tel vide... Non, ce n'était pas le vide, c'était... un regard anxieux, terrifié, qui ne comprenait pas ce qui se passait.

C'était dur. Le plus dur était de le laver, et de ne rien laisser paraître. Chaque jour, je le déshabillais, je le douchais. Je touchais des os. Rien que des os. Il n'y avait plus rien, et tous les jours il en partait encore. Je ne savais même plus comment le tenir, comment passer le gant sur sa peau. Je me demandais jusqu'où il irait. Il ne pouvait plus en perdre, et il en perdait encore. Le corps m'impressionnait bien plus que le visage. Les autres ne voyaient que le visage, et j'ai compris la peur dans le regard des autres.

Un jour un copain a eu un mouvement de recul en le regardant. Il a dit :

– Qu'est-ce qui se passe avec Laurent ? Il me fait peur. Je ne le reconnais plus...

STÉPHANE

Le voyage en Guadeloupe, c'était le dernier rêve. Et la réalité n'a pas correspondu au rêve. Il a été déçu. Il avait peut-être pensé que là-bas tout irait mieux, qu'il n'aurait plus mal, qu'il pourrait faire ce qu'il voudrait. Il y avait les plages, mais il ne pouvait pas se baigner, et il avait froid. Il était tellement maigre...

Finalement, c'était la même galère qu'ailleurs pour lui.

Il était quand même content d'avoir le soleil. Il était toujours au soleil.

PATRICE

Je faisais des photos et je filmais depuis longtemps. Je suis un sentimental, je voulais des souvenirs de mes enfants. Moi, je n'en ai presque aucun de mon enfance.

J'avais pris cette habitude aussi parce que l'hémophilie est une maladie très dure à faire comprendre. Alors, j'ai d'abord fait des photos, puis des films, qui m'aidaient à m'expliquer avec l'administration, pour les remboursements par exemple. Quand ils voyaient les photos de ce qui arrivait aux enfants, ils se rendaient compte que ce que je demandais était justifié.

Puis le sida est arrivé. Et Laurent a dit un jour :

– Regarde, papa, dans quel état ils m'ont mis. C'est dégoûtant ce qu'ils m'ont fait.

Alors, je lui ai demandé s'il était d'accord pour que je fasse des photos et des films. Je le faisais déjà pour les bons moments, les vacances, les fêtes de famille. Maintenant il fallait montrer toute la vie, telle qu'elle était.

J'estimais qu'il était normal que les responsables voient ça. Je disais à Laurent :

– Plus tard, quand tu seras guéri, on fera voir ces films à ceux qui t'ont contaminé. Pour qu'ils comprennent par quels stades tu es passé, et les souffrances que tu as supportées.

Mais au fur et à mesure que la maladie s'accentuait, je me posais des questions. Ma conscience me disait : « C'est dur, c'est horrible, mais justement parce que c'est horrible, il faut leur montrer ce qu'ils ont fait. » Et puis immédiatement je pensais : « Ce n'est pas possible, je ne peux pas le filmer comme ça. »

Il avait tellement maigri, son visage était déformé.

Parfois c'était lui qui me disait :

– Allez, papa ! Filme-moi !

Je répondais :

– Non, je suis désolé, je ne peux pas filmer ça, Laurent.

Par exemple, je n'ai pas filmé les moments de déprime et de colère où il était à bout et hurlait :

– Ce n'est pas possible, je ne m'en sortirai pas !

Finalement je n'ai filmé que très peu de chose de toute cette horreur. Il souffrait trop moralement. On prenait des dispositions pour qu'il ne souffre pas trop physiquement.

Il avait tellement l'habitude de la souffrance d'ailleurs... Un hémophile sait ce qu'est la souffrance. Chaque hémorragie est une souffrance. Laurent était courageux face au mal. Très courageux. Tant que j'avais l'espoir qu'il s'en sorte, et je l'ai eu jusqu'au bout, je me disais : « On leur montrera ce qu'ils ont fait. »

Je filmais les bons moments surtout, les moments de victoire, comme le jour où Laurent a fait de l'escalade. Il était tout maigre, tout petit, avec ses genouillères et son casque. Nous, on l'encourageait, et il n'arrêtait pas de nous crier :

– J'y arriverai ! J'y arriverai !

Il y est arrivé ! Jamais je n'oublierai son visage ce jour-là. Il y avait tout le courage et toute la fierté du monde.

Agnès

Ce qui est paradoxal, c'est qu'il a plus souffert mentalement que physiquement. C'est dur à déterminer, bien sûr, mais je le pense. Surtout les trois dernières semaines.

Il ne savait plus ce qu'il voulait. Les toxoplasmoses avaient laissé des traces dans son cerveau. Il ne pouvait plus se regarder dans la glace. Pour ça il était lucide.

Dans l'avion pour la Guadeloupe, à l'aller, les gens le regardaient en se demandant ce qu'il avait. Certains nous ont posé des questions. Je répondais qu'il était malade, qu'on allait au soleil pour lui faire du bien. Je n'ai pas dit qu'il avait le sida. Peut-être que tout l'avion se serait vidé... Je craignais un peu le regard des gens.

Au retour, c'était la nuit. Plus anonyme. Les gens dormaient. Le séjour a duré un mois. Il cherchait la chaleur comme un petit chat écorché. On se promenait de temps en temps. On est allés à la Soufrière, son père l'a porté tout le long du chemin. On s'est baignés dans les chutes du Carbet à 50 degrés, il cherchait toujours la chaleur. Au début, il appréciait encore un peu les choses extérieures : descendre au marché, regarder les fruits, les couleurs. Il faisait des efforts, 50 mètres, pas plus. L'après-midi, il dormait.

Il était toujours fatigué, fatigué. Petit à petit, on a senti que c'était trop dur pour lui. Stéphane, lui, en a profité. Il est revenu tout bronzé, en pleine forme. Ça lui a fait beaucoup de bien. Il y avait un tel contraste entre mon Laurent dans son fauteuil roulant, tout maigre, et Stéphane et Alexandre... Mes trois fils... Laurent n'en pouvait plus.

Avant de partir de Guadeloupe, j'ai rencontré un

groupe de prière dont ma sœur fait partie. Ils prient, ils chantent, et, ce soir-là, ma sœur m'a dit :

– Viens avec nous.

J'y suis allée, je les écoutais chanter et, au bout d'un quart d'heure, je suis sortie pour pleurer. J'ai pleuré, pleuré, pleuré, et ils sont venus vers moi. Ils étaient cinq, ils m'ont tenu la main et ont récité des prières. Alors j'ai réussi à parler et je leur ai dit :

– Vous ne pouvez pas comprendre. Laurent va partir. Il ne sera plus là. Il va mourir.

C'était juste avant de rentrer en France. J'avais compris, je l'ai dit à Patrice plusieurs fois cette nuit-là. Mais il ne voulait pas.

Noël 1991. Patrice et Laurent sur le volcan de la Soufrière, en Guadeloupe. «Laurent faisait partie de moi. Essayer de le sauver, c'était comme essayer de me sauver moi-même. On ne faisait qu'un.»

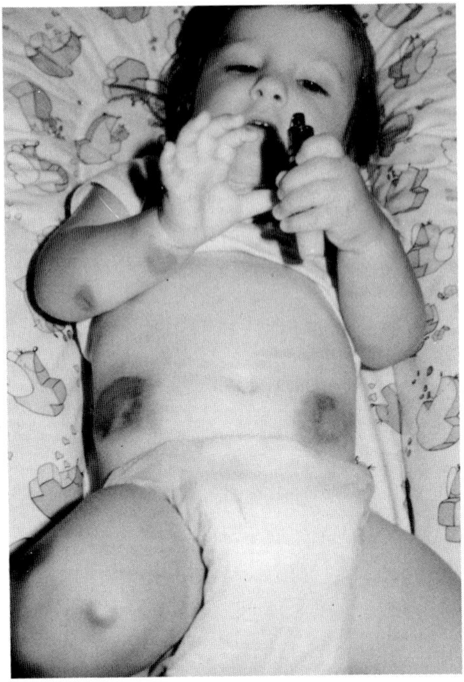

Laurent à six mois. «La plupart des gens imaginent l'hémophilie avec du sang qui coule et que l'on n'arrête plus. Ce n'est pas ça. C'est bien plus sournois. Hémorragies internes, hémorragies articulaires... Un bébé hémophile est d'une fragilité extrême. Il suffit de le prendre sans précautions, comme les autres enfants, et c'est l'hématome.»

Septembre 1987. Hospitalisation à domicile de Stéphane pour son zona ophtalmique et son appendicite. «On a eu de gros problèmes avec les hôpitaux, mais on est devenus autonomes en perfusant nous-mêmes. On évitait l'hôpital au maximum.»

«Alexandre est né, il n'était pas hémophile, il n'avait pas de problèmes. On avait trois garçons. Ils allaient grandir, devenir adolescents, puis adultes. On s'était tellement battus, jour après jour. Le combat contre l'hémophilie, on l'avait gagné. On l'avait mérité, ce bonheur tranquille. Et puis le sida est arrivé.»

Patrice et Stéphane. «En général, les hémophiles pratiquent uniquement la voile, la natation et le ping-pong. Je voulais mieux. Je voulais que mes enfants se musclent. D'abord on a fait du ski de fond puis, ça a été le summum, du ski alpin.»

À gauche Stéphane; à droite, Laurent . «Laurent était tout maigre, tout petit, avec ses genouillères et son casque. Il n'arrêtait pas de nous crier : " J'y arriverai, j'y arriverai". Il y est arrivé. Jamais je n'oublierai son visage ce jour-là. Il avait tout le courage et la fierté du monde.»

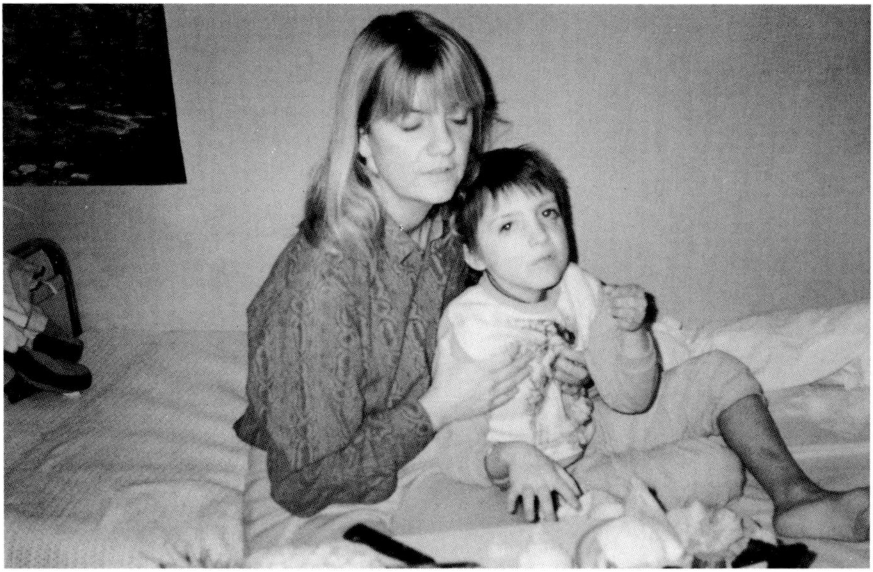

Février 1991, première toxoplasmose cérébrale de Laurent. «Il ne pouvait plus parler, il n'arrivait plus à bouger, puis il est tombé dans le coma. Dès qu'il a pu reparler, il a dit : "Maman...rentrer à la maison". On est rentrés. C'est là qu'il a été "déclaré sida".»

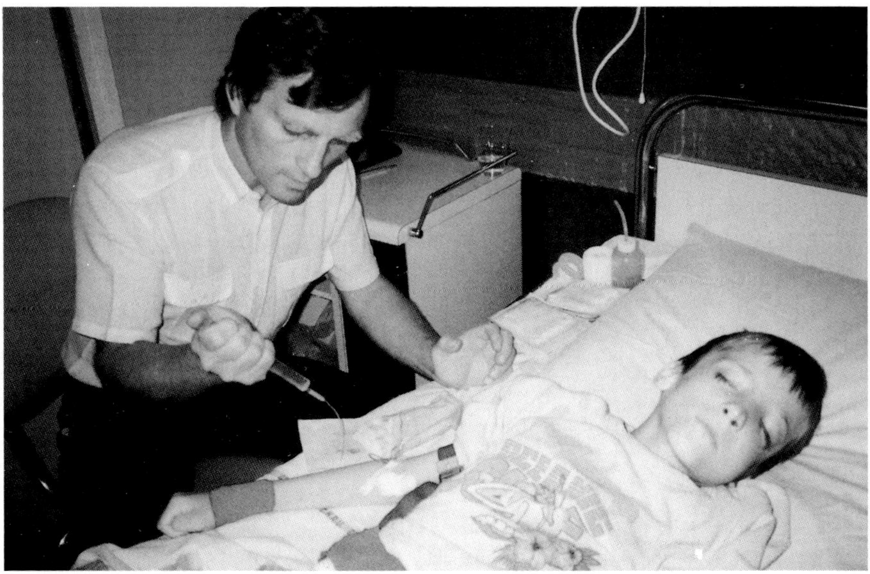

Septembre 1991, deuxième toxoplasmose de Laurent. «Il est tombé à nouveau dans le coma. Mon gamin sentait la mort. Elle était là, dans son souffle. Il est vraiment parti loin, et je ne sais pas comment on l'a récupéré. Petit à petit, il a rouvert les yeux, on était tous là à l'encourager.»

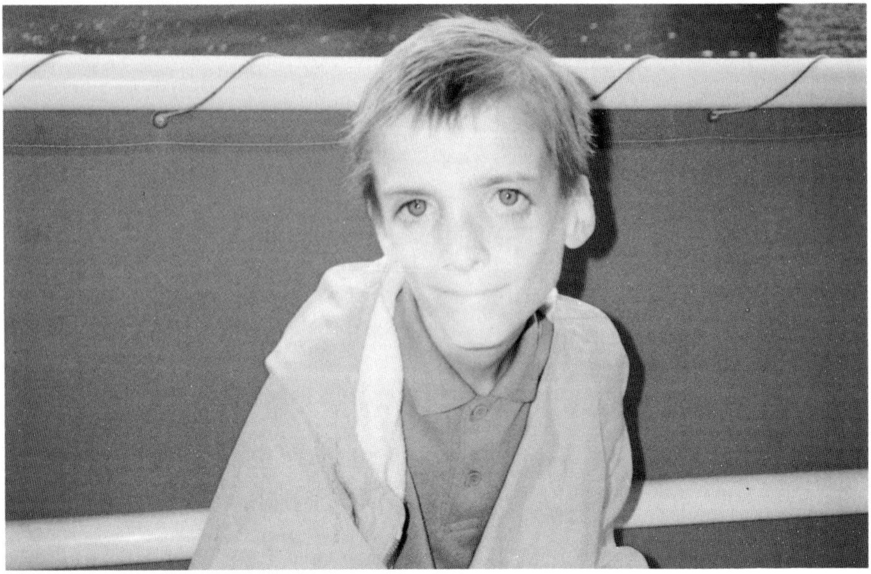

Décembre 1991, Laurent en Guadeloupe. «Il perdait du poids et il avait du mal à le récupérer. La fatigue le prenait de plus en plus. Il n'avait plus envie de rien. Je pense qu'il avait surtout beaucoup de rêves. Aller en Guadeloupe, par exemple, c'était un rêve. Mais le rêve est toujours mieux que la réalité.»

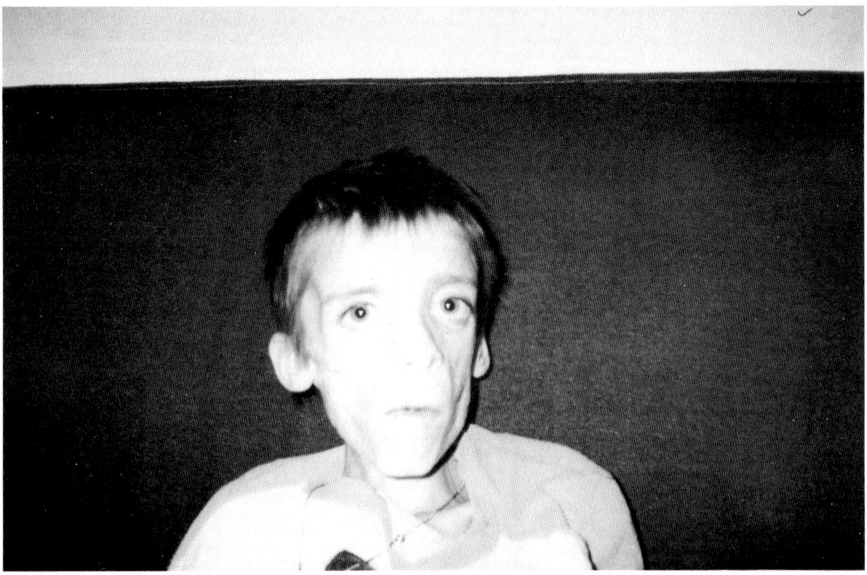

Laurent, quatre jours avant de mourir. «Je ne connais pas de maladie qui dégrade à ce point. Qui fasse d'un être un mort vivant. Je ne pouvais plus le regarder. Par moments, il avait lui-même des absences, un tel vide... Un regard terrifié, qui ne comprenait pas ce qui se passait.»

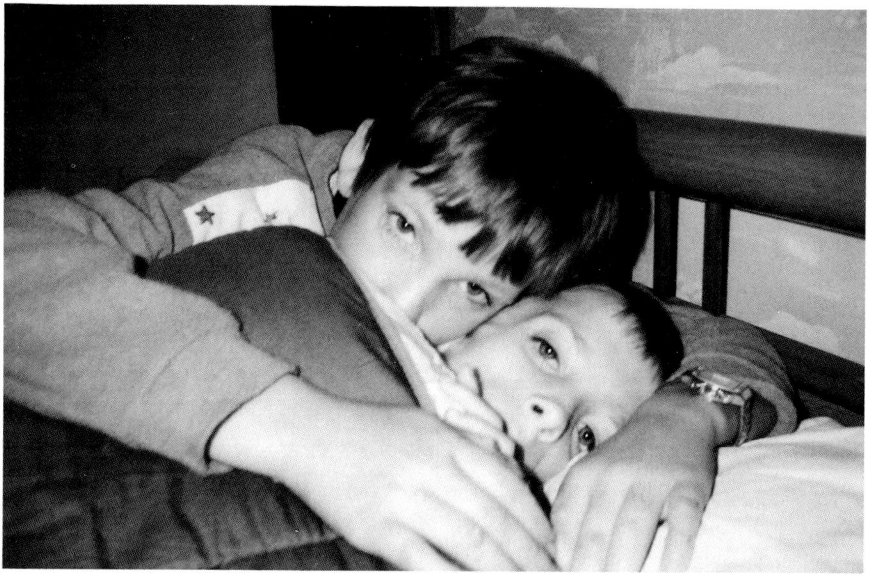

«Il disait : "J'en ai marre, je veux mourir". Ça me révoltait. J'ai essayé de le convaincre. Je le suppliais: "Mais ce n'est pas possible. Tu ne peux pas dire que tu veux mourir". Il voulait partir parce que la maladie lui rendait la vie trop difficile. On ne peut pas lui en vouloir d'avoir voulu mourir.»

L'enterrement de Laurent, le 1er février 1992. «Si Laurent était mort dans un accident de voiture, ou d'une autre maladie, je me serais dit : "C'est comme ça, c'est la vie". Petit à petit, j'aurais pu supporter. Tandis que là, je me dis : "Laurent, on me l'a tué, c'est un crime".»

«L'ULM, ça me raccroche. La passion de l'aviation, je l'ai depuis l'âge de trois ans. J'ai toujours rêvé de voler. Maintenant, j'ai une deuxième passion : l'informatique. J'ai des tas d'idées pour mon avenir, mais je sais que je ne pourrai pas toutes les réaliser. Pour l'instant, ce qui compte pour moi, c'est de faire le maximum de choses. Je n'aime pas perdre mon temps. J'ai quinze ans. J'aime tout dans la vie.»

« La vie est belle quand on est mort »

PATRICE

Les trois dernières semaines, on a assisté, soutenu Laurent, à un point tel que j'avais l'impression de ne faire qu'un avec lui. Agnès le soignait beaucoup. Moi aussi, car il y avait des moments où elle n'en pouvait plus. Laurent nous réclamait à tout moment, toutes les trente secondes, toutes les minutes il nous appelait pour des soins, ou simplement pour qu'on s'occupe de lui.

Il y a eu un moment où on s'est retrouvés avec Laurent gravement malade et Stéphane aussi. Laurent paralysé par la toxoplasmose sans pouvoir s'exprimer, Stéphane avec un zona au niveau du nerf sciatique. Il ne pouvait plus s'asseoir ni se tenir debout, il fallait le tenir avec des coussins en travers d'un fauteuil, lui donner à manger, et pendant ce temps-là s'occuper de Laurent. Et d'Alexandre qui, gentiment, derrière nous, essayait de nous faire comprendre qu'il était là lui aussi. On n'en pouvait plus.

On se relayait. Quand je ne soignais pas, je

mettais mon nez dans les papiers, je faisais des recherches, je téléphonais aux médecins, je téléphonais à Lyon aux plus grands spécialistes de la toxoplasmose. Toute la journée, de démarche en démarche, je me renseignais, mais discrètement, pour ne pas inquiéter Laurent.

Tous les jours, nous faisions un rapport sur son état de santé. Notre équipe médicale relisait ces observations et chacun nous donnait son avis. J'étais en relation constante avec eux par téléphone, ils venaient même à la maison, on en parlait, on réexaminait les doses de médicaments, c'était un combat perpétuel, continu.

Laurent avait un comportement physique incontrôlé, des contractions des épaules. À un moment de la maladie, il faisait un mouvement répétitif : sa main allait de la table à son visage, comme s'il voulait viser son nez. Ça durait tout le temps du repas. Je l'observais, en essayant de ne pas le montrer pour ne pas l'angoisser. Son regard était à la fois conscient et à la dérive. C'était terriblement angoissant, l'accumulation de symptômes, la perte totale de la parole, le bras paralysé, les yeux hagards, le pied en équin. Il ne pouvait plus marcher que sur la pointe extrême d'un pied. Son organisme se détruisait si rapidement que je ne savais pas quoi faire. On avait peur qu'il n'ait plus la force de récupérer.

Et pourtant on essayait de dédramatiser, de ne rien montrer, de faire comme si de rien n'était, on arrivait même à sourire d'un geste maladroit, pour qu'il n'ait pas peur.

Quand il a récupéré la parole, il a commencé par des sons, des mots tellement déformés qu'on ne pouvait pas le comprendre. Il s'énervait, il s'angoissait, il voulait absolument arriver à communiquer. Puis il s'est remis à parler.

C'était une joie intense, une joie qu'on ne peut pas exprimer.

Laurent faisait partie de moi, c'était comme si j'essayais de me sauver moi-même. On ne faisait qu'un.

AGNÈS

Ces trois dernières semaines, j'ai du mal à les garder précisément dans ma tête. On était déphasés. Il y avait beaucoup de luttes, d'angoisse, d'appels.

Le jour, on l'installait sur le divan dans la grande pièce, avec nous, devant la cheminée, pour être toujours avec lui.

On l'a aidé longtemps à vivre, Patrice et moi. On lui disait :

– Allez, Laurent ! On va y arriver. Essaie de marcher un peu... On va jusque chez les grands-parents.

Il aimait bien quand on marchait, parce qu'on discutait. Quand il avait réussi à faire le tour de la maison et qu'on rentrait, il était content de lui. En fait, je ne sais pas s'il était content de lui, ou content de nous faire plaisir. Je ne pense pas que ce soit de l'acharnement thérapeutique de notre part, il ne vivait que pour nous faire plaisir. On ne le poussait pas à bouger tout le temps, mais il fallait aussi l'occuper, le désangoisser, ne pas le laisser toute la journée sur son divan devant la télé. Je voulais tant l'aider, faire quelque chose pour lui. Je ne voulais pas penser qu'il allait mourir. La dernière semaine, je savais que c'était inexorable, et quand j'ai vu que ça n'allait plus du tout, qu'on ne pouvait plus rien faire, j'ai compris, je l'ai accompagné. Jusque-là, j'avais lutté, parce qu'il luttait encore un peu. Quand j'ai vu qu'il lâchait, j'ai lâché aussi. Patrice, lui, n'a pas pu jusqu'à la dernière seconde. Je lui disais :

– Attention, Patrice, il s'en va Laurent, il s'en va...

« Attention », c'était lui dire : « Prépare-toi à sa mort. »

Il ne voulait pas. Il répétait sans cesse :

– Non, il faut l'aider, il ne va pas mourir.

Et moi :

– Il va partir, il va partir... Tu ne t'en rends pas compte...

– Non. Les examens sont bien. Il faut lutter.

Moi, je voyais bien que ça ne l'intéressait plus de vivre. C'était trop dur pour lui. Cette vie n'était faite que de contraintes, toujours des contraintes. C'était dur de se lever pour aller aux toilettes, dur de se laver les dents, dur de manger. Tout ça l'embêtait. La maladie l'avait usé au plus profond de lui-même. Il aspirait au repos. Je l'avais compris pendant cette soirée de prières en Guadeloupe.

Une amie venait lui faire des massages

métamorphiques qui le soulageaient beaucoup, et cette amie m'a dit un jour :

– Tu sais, tu ne pourras pas vivre à la place de ton fils. Et si c'est trop dur pour lui, tu ne pourras pas l'empêcher de mourir.

Laurent voulait la paix. Alors, la dernière semaine, je l'ai laissé tranquille.

STÉPHANE

Quand j'ai vu les réactions de Laurent, après la toxoplasmose, je me suis demandé s'il n'était pas en train de devenir autiste. J'ai vu un film où un enfant était autiste depuis sa naissance : il avait des gestes particuliers, on sentait qu'il n'était pas dans notre monde. Laurent ne parlait plus, il avait tous les symptômes d'un enfant autiste, mais j'ai compris plus tard qu'il n'en avait que les symptômes. Il n'était pas autiste. En fait, dans sa tête, il n'était pas dans un autre monde, il était tout à fait conscient de ce qui se passait.

Je pense que c'était pire encore, il y avait de quoi l'affoler. Il n'était pas dans le silence, il n'était pas renfermé, mais il ne pouvait plus s'exprimer. Il faisait des gestes totalement incontrôlés et il s'en rendait compte. Et moi, à ce moment-là, je ne savais pas encore qu'il s'en rendait compte. Je me disais : « Il ne faut pas qu'il devienne autiste. »

Après, quand il s'est remis à parler, ça m'a soulagé. Je me souviens des premiers mots qu'il a vraiment prononcés après cette première toxoplasmose.

On devait aller voir un film, c'était *Maman, j'ai raté l'avion*. Il a voulu essayer de nous dire ça :

– Je veux aller voir *Maman, j'ai raté l'avion*.

Il avait beaucoup de mal à le dire, au début il s'énervait un peu, alors on l'encourageait :

– Vas-y, Laurent, c'est bien ! Continue, Laurent...

Et il était content quand il est arrivé enfin à le dire ! Ça m'a frappé, impressionné, j'avais cru qu'il avait quelque chose de détruit dans le cerveau, et en fait, il était en train de récupérer.

Plus tard, il a pu nous expliquer qu'il avait toujours été conscient de tout, dans cette situation.

C'est un peu difficile à exprimer mais, pour moi, le fait de ne pas pouvoir contrôler du tout ni la parole ni les gestes, cela aurait été très difficile à vivre.

Il disait aussi :

– J'en ai marre. Je veux mourir.

Ça me révoltait. Avec maman et papa, on lui a fait faire une liste des choses qu'il aimait bien et de celles qu'il n'aimait pas.

Il a mis des tas de choses qu'il aimait dans la première colonne. Et dans l'autre il a marqué : « La vie est belle quand on est mort. » Et il a dit :

– Je veux mourir.

J'ai essayé de le convaincre. Je n'ai pas arrêté. Je le suppliais :

– Mais ce n'est pas possible, Laurent, tu ne peux pas nous laisser tomber. Tu ne peux pas dire que tu veux mourir ! Ce n'est pas vrai. Regarde, la vie est belle ! Tu ne veux pas quelque chose ? Faire quelque chose ? Qu'est-ce que tu aimes en fait dans la vie ?

Il en avait marre. Il voulait partir, parce que la maladie lui rendait la vie trop difficile. On ne peut pas lui en vouloir d'avoir voulu mourir.

PATRICE

Quand il a dit « J'en ai marre », on lui a posé des questions avec Agnès.

– Pourquoi tu en as marre ? Est-ce que tu en as marre de vivre ?

– Oui. Je veux mourir.

– Pourquoi veux-tu mourir ? Qu'est-ce qui t'attire vers la mort ?

On lui parlait en toute liberté, sans contraintes, et c'est là qu'il a dit : « La vie est belle quand on est mort. »

C'était son explication. Une réflexion qui lui venait probablement du moment où il avait frôlé la mort à l'hôpital. Il était alors dans un demi-coma, et je pense qu'il s'est passé quelque chose.

Alors on lui a demandé ce qu'il aimait dans la vie. Il a répondu en vrac :

– J'aime tous les amis, les fêtes qu'on fait ensemble, j'aime bien mon frère, je vous aime beaucoup, j'aime bien tout le monde. J'aime les cassettes vidéo, la radio, me promener dans les magasins...

Il aimait tout ça, et moi je ne pouvais pas lui dire : « Bon, je vais t'aider à mourir, parce que tu en as marre ! » Pour moi, c'était une réflexion passagère. Celle de quelqu'un qui veut mourir à un moment donné et peut être très heureux de revivre ensuite. Je croyais au découragement momentané, il fallait passer un certain cap, et il redémarrerait.

C'était la première fois qu'il parlait de la mort, c'était bouleversant pour moi. Il ne savait rien du tout de la mort, je pense, sauf ce qu'il a pu ressentir dans ce coma à l'hôpital. Une sensation de paix, le sommeil, dormir. La vie est belle quand on dort... Je pense que c'était ça, la mort, pour lui. Ou alors autre chose qu'il n'a pas expliqué, parce que c'était trop difficile pour lui de l'exprimer.

J'ai eu une telle sensation d'impuissance à ce moment-là, c'était atroce. L'impression d'une torture. Envie de me révolter. Vouloir mourir à douze ans ? Ce n'est pas possible. J'ai dit ce que je pouvais.

– Accroche-toi, on va faire des voyages, on va faire, on va...

Je ne sais plus.

J'étais prêt à lui promettre la terre entière, n'importe quoi, vendre la maison, acheter tout ce qu'il voulait, faire tous les voyages qu'il voulait, l'univers...

Mais je me suis rendu compte qu'un déclic venait de se faire. Il n'y avait plus rien à promettre.

Agnès

Je ne sais pas comment Laurent a compris qu'il allait mourir. Il avait compris en tout cas. Mais il était encore partagé entre le fait qu'il avait compris, admis, qu'il allait mourir, et le fait qu'il avait encore envie de rester avec nous. Il n'avait pas tellement de vie à l'extérieur, il était tout le temps avec nous. J'ai l'impression de ne pas l'avoir quitté un seul jour.

Pour lui, la mort, c'était ne plus souffrir. C'était devenu insupportable la vie. Il était partagé entre une sérénité qu'il recherchait et la peine qu'il allait nous faire en partant. Son frère lui a dit :

– Tu ne vas pas me quitter, tu n'as pas le droit, tu ne dois pas partir. Alors pourquoi mourir, Laurent ?

Il a répondu :

– C'est trop dur de vivre.

Cette liste de choses qu'il aimait et, en face, cette phrase terrible : « La vie est belle quand on est mort », je les ai gardées. On était là tous les trois, tous les quatre même avec Alexandre, qui jouait à côté de lui.

Il avait écrit beaucoup de choses dans l'autre colonne. Alors j'ai fait le compte de toutes ces choses et je lui ai dit :

– Il y a plus de choses que tu aimes en étant vivant que quand on est mort.

Il a répondu tout gentiment :

– On est bien quand on meurt.

STÉPHANE

Il était super gentil, Laurent. Quand il a eu ses indemnités, il voulait faire plaisir à tout le monde, il nous offrait souvent des cadeaux. Pas longtemps avant qu'il meure, il m'avait offert un jeu. Alexandre, il le gâtait tout le temps, il lui rapportait toujours une petite chose, une petite voiture.

Avant, quand il n'avait pas d'argent, il regardait les vitrines, il rêvait, il se serait acheté des montagnes de cassettes vidéo, des illustrés, des bandes dessinées. Après, quand il est tombé malade, c'était plutôt pour les autres. Il s'en moquait pour lui de l'argent. C'était pour les autres. Il était super gentil et généreux.

PATRICE

Il était calme, doux, d'une douceur pleine de câlins, d'affection et de mots tendres. Il avait un regard très expressif. Parfois, on ne s'y attendait pas, il disait par exemple à sa mère spontanément :

– Tu sais maman, tu es belle, je t'aime beaucoup.

Ça venait du cœur. Il y avait chez lui quelque chose de très particulier, qui venait de très profond. Il était contemplatif, il aimait la vie tranquille, et il était heureux de vivre avant. Très heureux de vivre, de rêver. Quelquefois il me disait :

– Je n'ai pas beaucoup de courage.

Et je lui répondais :

– Mais si, réagis ! Mais si, tu es courageux !

Il était courageux dans son immense fatigue. Et il était peut-être plus fatigué que je ne voulais l'accepter. Quand un enfant dit cela...

Tout en étant très proche de lui, je me demande si je l'ai compris. On a toujours peur d'être passé à côté de quelque chose. Dix jours avant sa mort, je pensais encore qu'il avait des chances de s'en sortir. C'est le moral qui n'allait plus. Tout devenait trop dur pour lui, tout était une montagne d'efforts. Se lever simplement un tout petit peu pour qu'on puisse le déplacer ou le changer de position, c'était une véritable ascension en montagne. Il était si maigre, si faible, il parlait difficilement, peu et doucement, mais on le comprenait.

Dans la journée, la dernière journée, il a dit :

– Je vous aime. Demain on va passer une journée formidable. Ça va bien. Je me sens en forme.

Alors on a passé des films de son enfance, en lui disant qu'on allait refaire des tas de choses ensemble. Du ski, de la montagne, des voyages. Des tas et des tas de choses. Jamais je n'aurais cru qu'il allait mourir ce soir-là.

AGNÈS

J'avais prié la première fois, j'ai prié aussi en Guadeloupe. J'avais besoin de prier, de demander de l'aide pour sortir mon gamin de là. Mais ce soir-là... j'étais comme anéantie. Je ne pouvais rien faire, parce que j'avais compris. Patrice voulait encore se rendre utile, il s'agitait. Je tenais la main de Laurent, je savais qu'il allait mourir, et je ne voulais pas qu'il meure, mais je ne pouvais plus prier.

Patrice a tout noté. Il a fait un petit journal de tout ça, mais je ne sais pas s'il voudra en parler.

STÉPHANE

On était avec lui. Je ne l'ai pas lâché. Je suis resté jusqu'au bout avec lui, je n'avais pas envie de le quitter. Je sentais qu'il fallait que je sois là. Je ne me serais jamais pardonné de le laisser. Nous avons été tellement proches, nous nous sommes tellement soutenus tous les deux. Je l'aimais tant.

PATRICE

Ce journal, je l'ai écrit, mais je n'aime pas le montrer.

Journal du 31 janvier 1992

18 heures 45. Laurent est allé se coucher. Pendant qu'il se repose, nous mangeons.

20 heures. Maud et Jean, des amis, sont venus nous rendre visite pour nous soutenir moralement et encourager Laurent dans sa lutte. Agnès a demandé à Laurent d'écrire son nom sur un bout de papier, pour leur montrer qu'il faisait beaucoup de progrès, et l'encourager.

Nous lui avons répété qu'il allait mieux, et qu'il n'avait plus qu'à bien nous écouter pendant cinq ou six mois pour arriver à une très grande victoire. Il nous a témoigné beaucoup d'affection, nous a dit qu'il nous aimait beaucoup, qu'à partir de demain il irait mieux. Nous l'avons tous embrassé pour lui souhaiter une bonne nuit. Il avait une sonnette qui lui permettait de nous appeler dans toute la maison. Nous sommes allés au salon avec nos amis.

Environ un quart d'heure plus tard, alors que nous parlions, Laurent a poussé un petit cri. Nous nous sommes tous précipités dans sa chambre, et nous l'avons trouvé à demi conscient, couché sur le dos, les yeux ouverts, révulsés. Ses couvertures étaient légèrement repoussées, il avait dû s'asseoir pour boire et s'était renversé la bouteille d'eau sur lui.

Je l'ai immédiatement emmené au salon, et couché sur le divan. Nous avons ouvert la fenêtre pour l'aider à respirer. Agnès, Stéphane et moi, nous lui avons énormément parlé pour le rassurer, l'encourager. Pendant ce temps je lui prenais son pouls et sa tension. J'étais inquiet car je n'y arrivais pas, pour la première fois. J'ai ressenti une sensation d'impuissance qui m'a énormément angoissé.

Pendant qu'Agnès et Stéphane l'entouraient, j'ai appelé le docteur, qui est venu en dix minutes. Il lui a trouvé 10 de tension et le pouls à 120. Il a avoué qu'il ne pouvait rien faire pour lui, et qu'il fallait le transporter en extrême urgence à l'hôpital. Qu'il faudrait lui donner de l'oxygène.

Laurent était dans le coma, il râlait légèrement par moments mais ne paraissait pas souffrir physiquement. Nous n'avons pas eu le temps d'appeler l'ambulance. Il est mort.

Le médecin m'a pris dans ses bras et m'a dit que c'était fini. J'ai répondu que ce n'était pas possible, qu'il fallait faire quelque chose.

– Non, c'est fini...

AGNÈS

C'est le médecin qui nous a dit :

– Il est mort, c'est fini.

Et il est parti. Il nous a laissés tous les trois et nous avons ramené Laurent dans sa chambre, dans son lit. C'était fini. Si vite. Nous n'arrivions pas à réaliser.

Stéphane ne veut pas parler de ce moment-là. S'il n'en parle pas c'est qu'il n'a pas besoin d'en parler. Mais peut-être que cela lui ferait du bien.

Avec Stéphane on a toujours l'habitude de se poser des questions franches. Il répond ou il ne répond pas. C'est à lui de voir.

STÉPHANE

Maintenant je fais de l'ULM. Laurent, j'aurais pu l'emmener. Il n'était pas passionné par le pilotage mais il adorait prendre l'avion. On a fait notre baptême de l'air le 1er avril 1990. Il était super content. C'était dans un petit avion de tourisme. Moi, j'avais toujours piloté sur mes simulateurs de vol, mais je n'avais jamais connu ça. J'ai discuté avec le pilote, qui m'a dit qu'avant quinze ans on pouvait apprendre, mais que ça coûtait cher. Moi, j'ai dit :

– Je vais y arriver.

Laurent a dit :

– Moi, je veux pas apprendre. Mais je monterai avec Stéphane après, il m'emmènera.

PATRICE

Journal du 31 janvier 1992 (suite)

Au moment où il est mort, ça a été très dur. Nous ne voulions pas admettre qu'il était mort. Nous lui parlions toujours. Nous l'avons installé dans sa chambre, il l'aimait beaucoup.

Agnès, Stéphane et moi, nous lui avons parlé

pendant des heures, envahis par un chagrin immense. Puis Agnès et Stéphane sont allés se coucher ensemble, dans notre lit. Agnès était épuisée par tous les soins intensifs que nous avions donnés à Laurent depuis plusieurs mois, elle s'est couchée avec Stéphane dans notre lit et, malgré son immense peine, elle s'est endormie. Cela l'a beaucoup aidée à supporter la journée du lendemain.

Moi, je me suis installé dans le lit de Laurent, contre lui, en le tenant dans mes bras. La petite lampe de chevet est restée allumée toute la nuit.

Je lui ai dit que maintenant il ne souffrirait plus, qu'il allait être heureux, qu'une nouvelle vie sans souffrance commençait, que tout allait lui sembler facile maintenant, et qu'il pouvait désormais faire tout ce qu'il voulait. Je lui ai dit toute la peine que nous avions, que pour lui le temps passerait très vite, mais que bientôt nos corps physiques allaient se retrouver, et que son âme était déjà en nous, qu'il était toujours avec nous, cœur et âme.

AGNÈS

Patrice avait trop de choses à lui dire. Il avait besoin de parler à son fils. Il a fait un très bel accompagnement de la mort de Laurent. Il est resté avec lui, il a dormi avec lui. Il lui a parlé, il lui a dit des tas de choses, peut-être tout ce qu'il n'avait pas pu lui dire de son vivant, je ne sais pas. C'est une chose entre lui et son fils. Il ne me l'a pas raconté et je n'ai pas envie de savoir. Il avait besoin de rester près de lui, il disait :

– Je ne peux pas le quitter comme ça. Regarde comme il est beau.

Je ne trouvais pas qu'il était beau. Pour moi, il était mort. J'ai respecté sa volonté de rester avec lui, par contre je voulais qu'il respecte la mienne de ne pas pouvoir. Stéphane n'y est pas retourné non plus. Il se sentait mieux dans mes bras, il n'éprouvait pas le besoin de rester avec son frère mort, ça lui rappelait trop ce qui pouvait lui arriver.

On ne savait pas quoi faire, on ne savait plus de quoi parler. On a regardé un film vidéo que j'avais acheté à un moment où je me posais des questions sur la mort, après la deuxième toxoplasmose de Laurent. Heureusement que l'on avait ce film : *La mort, un pont vers la vie.*

Le film disait qu'on ne meurt pas complètement, qu'il y a une vie derrière, que la mort physique n'est qu'une transition et que la conscience continue. Ça permet de se délivrer de la peur de la mort. Ce film a fait beaucoup de bien à Stéphane. Cela correspondait à ce qu'il pensait déjà et il a compris que son frère était toujours là, autour de lui, et puis cela expliquait un peu ce qu'avait dit Laurent : « La vie est belle quand on est mort. » Après le film, Stéphane est venu se coucher avec moi, et tous les deux, l'un contre l'autre, on s'est endormis.

STÉPHANE

Je ne pense pas vraiment que la vie est belle quand on est mort. À mon avis, on ne peut pas imaginer qu'un jour on n'existera plus.

Je ne sais pas comment ça se passe, évidemment. Si c'est le ciel des chrétiens, ou la réincarnation des bouddhistes, ou n'importe quoi d'autre... Je n'aime pas l'idée de croire à quelque chose par réflexe. Mais j'ai la sensation qu'il y a quelque chose. Je pense que chacun devrait avoir sa propre idée là-dessus, d'après ce qu'il a vécu, expérimenté.

Si Laurent a dit cette phrase, c'est peut-être qu'il a vu quelque chose de l'autre côté. Un enfant ne dit pas ce genre de phrase. Pour qu'il dise ça, ce qu'il a vu devait être mieux que ce qu'il endurait à cause de sa maladie. Mais moi, je ne pense pas à ça. Pour moi, ce qui compte, c'est de profiter de la vie.

Après la mort de Laurent

AGNÈS

Pour Patrice, parler avec Laurent pendant toute une nuit, c'était régler des comptes avec lui, lui expliquer ce qu'il n'avait pas compris, ou pas vu.

Je ne sais pas ce qu'il a réglé, mais il avait besoin de ça. Je l'ai laissé faire. Moi, je ne pouvais pas.

Je pense qu'il n'a pas prié au sens de réciter des prières apprises. Je n'y suis allée que deux fois, mais j'ai frappé avant d'entrer, je l'ai laissé tranquille avec son fils. Moi, je ne me sentais pas capable de le faire, et je ne devais pas lui prendre ce moment puisqu'il le désirait.

Ça lui a fait du bien. Il avait tellement peur au moment de la mise en bière que le fait d'avoir passé deux jours et deux nuits avec lui lui a permis de mieux accepter. C'était moins déchirant.

Moi, je cherchais n'importe quel prétexte pour sortir de la maison, les fleurs, les papiers à remplir, etc. Je ne supportais pas. Puisque son corps était mort, j'avais envie de vivre avec son esprit, pas avec ce corps qui était là. Ça me rendait malade de savoir qu'il était là, mais mort. Chaque fois que je le voyais mort, j'étais obligée de réaliser qu'il l'était. Quand je ne le voyais pas, je me disais : « Il peut encore revenir... »

Je me suis reproché parfois des attitudes un peu agressives, mais nous avions tellement de fatigue nerveuse.

Nos échanges avec Laurent, les trois dernières semaines, ont été très forts. C'est incroyable ce qu'il a pu nous faire avancer, nous faire comprendre. On est allés si loin dans les discussions sur la mort avec Laurent. Il a eu un rôle énorme, je ne sais pas comment expliquer ça.

PATRICE

Journal du 31 janvier 1992 (Suite)

Quelques heures après le décès de Laurent, j'ai ressenti une angoisse terrible en pensant à la mise en bière. Je savais qu'à partir de ce moment je ne le reverrais plus.

J'ai passé beaucoup de temps à lui parler, à le caresser, à le prendre dans mes bras durant les deux nuits et deux jours qui ont précédé la mise en bière. Un quart d'heure avant, j'avais une peine terrible, une angoisse, je ne pouvais pas supporter le fait de savoir que les pompes funèbres allaient me le retirer. J'ai décidé de m'adresser à lui pour lui demander de m'aider à avoir la force de supporter cette épreuve. Quelques minutes plus tard, tout le poids, la déchirure, l'angoisse que je ressentais de façon insupportable, se sont atténués, comme par miracle.

Je l'ai mis moi-même dans le cercueil, avec son pull-over blanc en grosse laine. Et une photo de nous cinq dans un cadre, que j'ai posée sur sa poitrine, ses mains croisées dessus.

L'employé des pompes funèbres est entré dans la chambre. Agnès et Stéphane ont embrassé Laurent une dernière fois tendrement, et j'ai donné l'ordre de mettre le couvercle sur le cercueil.

AGNÈS

Quand les employés des pompes funèbres sont venus, je n'ai pas dit qu'il était mort du sida. Je n'avais pas à le leur dire, ça ne les regardait pas. Ils n'ont jamais touché son corps. C'est nous qui nous sommes occupés de lui. Mais, quelques jours après, quand le décès a été annoncé dans la presse, ils sont venus me voir et m'ont dit :

– Madame, on a pris de gros risques.

J'ai cru devenir folle. Je leur serais rentrée dedans d'oser me dire ça.

– Mais quels risques ? Vous risquiez quoi ? D'attraper le sida ? Vous aviez peur d'être contaminés par mon petit garçon mort ? Vous ne l'avez même pas touché !

Et même lorsqu'ils l'ont transféré du dépôt provisoire au caveau, ils avaient peur ! Mon gamin était mort depuis quinze jours ! Et ils avaient encore peur de lui !

J'avais envie de leur dire :

– Le sida est mort avec lui !

C'était horrible de me dire ça... Mais ils ne faisaient que leur métier.

Laurent était mort dans la nuit du jeudi au vendredi, et le samedi, Alexandre m'a dit :

– Maintenant, maman, tu vas pouvoir t'occuper de moi !

Pauvre Alex ! On avait consacré tellement de temps à Laurent qu'il avait la sensation qu'on l'avait un peu oublié ces dernières semaines. Heureusement pour lui, mes parents s'en sont toujours bien occupés. Nous avons toujours pu compter sur eux lorsque l'on a eu besoin de leur aide.

Je me souviens qu'à un moment il est entré dans la chambre de Laurent, en courant et en criant. Il avait oublié. Quand il l'a vu mort sur le lit, il est retourné jouer au salon, sans rien dire.

Stéphane, lui, a tout de suite voulu nous rassurer, en disant :

– Moi, ça ne m'arrivera pas.

Il cherche toujours à nous rassurer. Tout le temps. C'est peut-être aussi une façon de se rassurer lui-même. J'espère qu'il aura assez de force pour se battre. J'essaie de l'aider par tous les moyens à être heureux, à avoir envie de vivre. Quand j'évoque la mort avec Stéphane, je lui dis :

– Bats-toi, mon grand, sors-toi de là. J'espère que je ne te perdrai pas.

Ne pas penser qu'il peut partir. Pas lui. Pas en plus. Ce serait trop dur.

STÉPHANE

Au début, Alexandre parlait très souvent de Laurent. Il sait qu'il est au cimetière. Il l'a vu mort, il sait où il est, et il sait ce qui s'est passé. Mais il l'a bien pris, il paraît l'avoir accepté. Il est venu à l'enterrement avec nous, il y a participé, il réalise parfaitement ce qu'est la mort. Il dit :

– Laurent, il est au cimetière, je l'aimais bien Laurent. Il me manque beaucoup.

Il dit aussi des tas d'autres choses sur Laurent, il repense au temps où il jouait avec lui. Parfois il demande :

– Stéphane il est malade, il va partir lui aussi ?

Maman lui répond :

– Non, non ! Stéphane ne va pas partir, Stéphane va s'en sortir.

Une fois il a dit :

– J'ai deux frères, il y en a un au cimetière et si Stéphane s'en va, il y a un garçon qui va rester tout seul.

Maman lui a demandé qui était ce garçon, il a répondu :

– C'est moi.

Il ne se pose peut-être pas de questions approfondies, mais il comprend bien les choses, il nous entend parler, et ça lui donne de l'expérience.

Il ne faut rien cacher aux petits. Moi, on ne m'a rien caché. On ne doit rien me cacher. Pour pouvoir combattre il faut savoir ce que l'on a. Si on ne sait pas et qu'il vous arrive des ennuis, on se demande ce qui se passe, on n'y comprend rien et on ne combat pas correctement. C'est pour ça qu'il faut tout expliquer à Alexandre. Si on lui racontait des bêtises, il ne comprendrait plus rien du tout à ce qui se passe et il pourrait nous en vouloir par la suite. Ça ne collerait plus avec la réalité dans sa tête. Ce qu'il comprend le mieux, c'est la vérité. Si on ajoutait des bêtises, il se mettrait à comprendre un peu de ces bêtises, et ensuite, quand il apprendrait la réalité, il douterait de tout.

Par exemple, il ne s'inquiète pas trop quand il me voit rentrer de l'école fatigué – ce qui arrive souvent – et que j'ai des tonnes de devoirs. Il dit :

– T'as encore des devoirs ? Tu vas pas jouer avec moi ?

Mais si je suis malade, il demande à maman :

– Qu'est-ce qui lui arrive à Stéphane ? Il va pas partir ?

Ça, c'est parce qu'il a été impressionné par la mort de Laurent.

Patrice

C'est clair et net, je n'accepterai jamais la mort de Laurent. Jamais. Dans les circonstances où elle a été donnée, c'est jamais.

S'il n'y avait pas eu Agnès, Stéphane et Alexandre, je partais avec lui. S'il se passait quoi que ce soit maintenant, j'irais le rejoindre. Mais je dis « si ». Ils sont là, je les aime.

Agnès a des moments de tension, elle fait son deuil à sa façon. Moi je ne sais plus quoi penser vis-à-vis de la mort de Laurent.

Je ne sais pas comment il se sent là-bas. C'est une chose abstraite. Je me dis qu'il est parti de façon criminelle, il n'a pas choisi d'y aller. Mais s'il existe quelque chose, une chance qu'il m'entende... J'ai besoin de lui parler. Je sais qu'il a besoin, lui, de se reposer maintenant, mais ça me soulagerait de lui parler. Alors je lui parle.

C'est peut-être symbolique d'aller au cimetière et de lui parler, mais j'en ai besoin. Même si on redevient poussière. Je ne sais pas comment expliquer ça. Ça n'est pas moins dur, j'en souffre beaucoup. Je ne souffre pas moins en y allant, mais c'est différent. Chaque fois que je vais au cimetière, je lui parle, parle, je lui rappelle des souvenirs, je discute avec lui. Je repense à ce qu'il a dit : « La vie est belle quand on est mort. » Je n'en ai pas la preuve. J'espère que lui, il l'a eue avant de partir. La mort, il l'a réclamée. Mais si on ne me l'avait pas empoisonné, il ne l'aurait pas réclamée.

Pour moi, c'est trop dur. On a un enfant, on se bagarre avec lui, on fait son éducation, on a de bons et de mauvais moments, on mène sa vie comme ça, du mieux qu'on peut, et puis d'un seul coup il disparaît. Et d'un seul coup – je suis vulgaire en disant ça –, c'est comme si on le mettait à la poubelle, comme s'il n'existait plus. On devrait aller ailleurs, se refaire une nouvelle vie. Moi, je ne peux pas.

Pour moi, Laurent est toujours avec moi. Son corps, même s'il se transforme, est toujours là. Il y a des gens qui parlent à une statue parce que ça représente quelqu'un, c'est symbolique. Moi, je parle à Laurent. Je me dis que si les choses sont bien faites, il m'entend. Chacun a sa façon de réagir, je dois le respecter. Agnès n'aime pas aller au cimetière ; elle, elle a Laurent dans la tête, dans son cœur, autrement que moi. Stéphane aussi. Mais j'ai du mal à comprendre qu'on ne soit pas comme moi. Que l'on puisse considérer que cet être cher soit jeté quelque part sans aller le voir. Moi je n'y arrive pas.

Si Laurent était mort dans un accident de voiture, ou d'une autre maladie, je pense que j'aurais réagi différemment. On a du mal à accepter la mort d'un être cher, mais là je me serais dit : « C'est comme ça, c'est la vie », et petit à petit, j'aurais pu supporter. Tandis que là, je me dis : « Laurent, on me l'a tué ! C'est un crime ! »

AGNÈS

Patrice, je sais quand il va au cimetière. Il croit que je ne le vois pas, mais je le sais. Je le sais parce que, quand il rentre, il a changé. Quand il est en colère, je sais qu'il va là-haut, je le sens dans son regard, dans sa façon d'être. Quand il souffre trop, quand il est trop malheureux, il va là-haut parler à Laurent. Le soir, il va s'attarder dans sa chambre.

Un jour, je sais qu'il est allé lui parler de très près. On voulait faire une dalle, il ne voulait pas, et quand j'ai demandé pourquoi, il a répondu qu'il ne pourrait plus aller lui parler de près. Je lui ai demandé s'il l'avait déjà fait, il a répondu :

– Oui, une fois, pour voir si tout allait bien, si tout était intact, si ce n'était pas inondé.

C'est étrange qu'il ait besoin de se rattacher à cela. J'ai l'impression qu'il se fait du mal. Ce que j'aimerais qu'il comprenne, c'est que moi je n'ai pas besoin de ça. Que ça ne me fait pas de bien, que ça me rend malade. Je pense qu'il lui faut du temps. Il faut le laisser prendre le temps. On lui a arraché quelque chose de trop important. Il est trop attaché à l'enveloppe charnelle de son fils. Alors que moi, quand Laurent est mort, j'ai senti qu'il était venu habiter en moi, et depuis je ne le perds pas, il est là, en moi, tout le temps. Parfois je me mets à pleurer parce que je me rappelle un bon moment avec lui, et puis parce qu'il ne grandit pas puisqu'il n'est plus là. Je n'en parle pas à la maison, ça leur ferait trop de peine. J'ai trop de chagrin et Stéphane n'aime pas ça. Alexandre non plus.

Alexandre me regarde parfois si je pleure et je lui dis immédiatement :

– C'est rien, Alexandre, les mamans pleurent quelquefois. C'est parce qu'elles ont une petite boule dans la gorge, là... et que pleurer ça fait partir la petite boule. Tu comprends ?

Alors il se remet à jouer, et à tirer partout dans la maison avec son revolver en plastique. Il joue au cow-boy comme tous les petits garçons.

Patrice se morfond, et Stéphane le voit, ça lui fait mal. Patrice ne peut pas s'en empêcher. Stéphane et moi, on en discute tous les deux, Stéphane dit :

– Avec toi, on peut parler de ces choses-là. Avec papa, je n'y arrive pas.

Alors je lui réponds que son père a trop de mal, qu'il prend la vie et la mort différemment de moi. Lui et moi, nous n'avons pas la même façon de voir les choses. Au début, après la mort de Laurent, il se mettait en colère pour des petits riens. C'était le chagrin, ça l'étouffait. Depuis qu'il construit un ULM pour Stéphane, qu'il a retrouvé une passion avec son fils aîné, il va mieux. Il parle avec Stéphane, il lui parle même de moi. Stéphane est notre arbitre. Il se sent le devoir d'être notre arbitre en ce moment. C'est si dur.

Moi non plus, je n'arrive pas à redémarrer. Je continue à avancer, mais sans redémarrer. Heureusement qu'on a Stéphane et Alexandre. S'ils n'étaient pas là, on n'aurait pas survécu.

Ils m'ont tué Laurent, ils ont empoisonné Stéphane. Nous aussi on est atteints parce que l'on n'est plus comme avant. On ne le sera jamais plus. Mais on n'a pas le droit de se morfondre, pour Stéphane.

STÉPHANE

Après la mort de Laurent, papa avait si peur de me perdre moi aussi! Il s'affolait dès que quelque chose n'allait pas. Laurent mort, il a eu l'impression que j'étais devenu plus fragile, que moi aussi je pouvais mourir. Alors que pour moi rien n'avait changé. Sauf que Laurent n'était plus là.

Parfois, comme les autres adolescents, j'ai des petits conflits avec mes parents. Quand je pense que papa a raison, je me mets de son côté. Quand je pense que maman a raison, je me mets du sien. Quand c'est moi qui ai une idée différente des deux, je ne prends pas parti. J'ai mon idée, tout simplement.

Laurent, lui, était plus jeune et il avait une sensibilité plus proche de celle de papa. Moi, j'ai un peu des deux et, en même temps, un troisième facteur, le mien. Je suis en train de devenir adulte petit à petit.

On discute tout le temps, papa, maman et moi. De tout. Ce n'est pas facile pour eux, ils ont toujours tout assumé ensemble. Ils ne vivent pas la mort de Laurent de la même façon. C'est bien d'échanger des idées, ça m'aide à prendre de l'expérience, le dialogue est indispensable.

Alexandre, lui, il suit le mouvement. À cet âge-là on ne se pose pas trop de questions. J'essaie de m'occuper de lui le plus possible, comme je le faisais avec Laurent. C'est parfois difficile. Je fais beaucoup de choses. De l'informatique, de l'aviation, de l'ULM surtout, c'est ma passion.

On dit que je vis à cent à l'heure. Je ne sais pas si j'étais comme ça avant. Ce n'est pas pour autant que l'on oublie... Moi, ma façon de réagir, c'est un peu de m'enivrer, de faire des tas et des tas de choses, un maximum. Pendant ce temps je ne pense pas à la mort. C'est ma manière de combattre.

Par exemple, je suis déçu si la météo n'est pas bonne, et que je ne peux pas faire un tour en ULM. C'est une journée perdue. Moi, je n'ai pas de temps à perdre.

Parce qu'un crime a été commis...

PATRICE

La médiatisation est une chose dont je me passerais bien. C'est plus que gênant. Être médiatisé parce qu'on a battu un record sportif, qu'on est champion du monde de quelque chose, ou qu'on a réalisé un film, c'est peut-être agréable... Mais faire passer des images de souffrance, pour moi, c'est à la limite de la torture. Seulement, je ne veux pas qu'on oublie. Je ne veux pas que Laurent soit mort pour rien.

La première fois que j'ai répondu à un journaliste, je n'avais rien demandé. C'était un an avant la mort de Laurent. Il n'a jamais dit comment il nous avait trouvés. Il faut dire qu'on était connus auprès de toutes sortes d'administrations, de la Sécurité sociale, de la DDASS, des préfectures, du ministère de la Santé, peut-être même du Gouvernement. Parce que justement je me battais, je voulais faire passer des messages dans toutes les administrations.

Le sida coûte cher, très cher, et on avait besoin

d'aide. Tous les cas des hémophiles contaminés ont été recensés par l'intermédiaire de l'Association des hémophiles. C'est resté anonyme, mais chaque fois qu'on écrivait à une administration, on était bien obligés de dire que nos enfants étaient atteints du sida.

Il y avait le nom et l'adresse, sur les lettres. Je demandais systématiquement le secret, pour préserver l'avenir des enfants et leur éviter des problèmes, mais quelqu'un a dû parler.

Un journaliste très sensibilisé et écœuré par l'affaire de la transfusion sanguine est donc arrivé. J'ai pris toutes mes précautions, j'ai demandé le secret absolu. Il a signé un papier : il s'engageait à changer les noms des enfants et celui de la région où l'on habite. Nous avons très vite sympathisé. Il nous a énormément respectés dans son article.

Et le jour où Laurent est décédé, un an après ce premier et unique article, on l'a contacté pour lui annoncer la nouvelle. Il a dit :

– Ce n'est plus possible, il faut que je refasse un article, quelque chose, qu'on en parle, c'est monstrueux.

C'est là que la médiatisation a commencé. Jusque-là, on avait tout gardé dans l'anonymat, mais Stéphane a dit, pour le deuxième article :

– Moi, j'en ai marre de me cacher comme un pestiféré. J'en ai marre de mentir. Je m'appelle Stéphane Gaudin, j'ai le sida, mon frère s'appelle Laurent et il est mort.

Stéphane est comme ça. Quand il ne dit pas toute la vérité, il a l'impression de mentir.

Et nous aussi, on avait envie de dénoncer tout ça. La mort de Laurent, les mensonges, tout ce qu'on avait fait, à nous et à d'autres. Il fallait que la justice fasse son travail. On ne voyait que les médias pour faire ça.

Je ne connaissais que notre ami journaliste, Dominique Rizet, et je lui avais caché l'existence de mes films sur la souffrance de Laurent. Mais comme il voulait nous aider à réclamer justice, je lui ai demandé s'il voulait les voir, pour mieux comprendre. Rien n'était prémédité. Je n'avais pas du tout l'idée de les faire voir à tout le monde. Je les gardais comme archives, en espérant un jour les montrer aux responsables de ces contaminations, mais je ne savais pas comment.

Après avoir vu les films et longuement réfléchi, Dominique a pensé à réaliser un reportage qui passerait à la télévision. Moi, j'avais vécu des choses tellement difficiles que je n'étais pas apte à dire ce que les gens allaient supporter ou non. J'ai vu tellement plus dur que ce qu'il y a dans le film! Il fallait sensibiliser l'opinion politique, faire voir aux reponsables ce qu'ils avaient fait. J'ai fait confiance à Dominique et à l'équipe qui s'est occupée de nous avec lui : Alexandre Valenti, Christian Gerin et Christophe Gautier. Quand je ne voulais pas qu'ils utilisent certaines images, ils acceptaient.

Ce reportage qu'ils ont réalisé à partir des éléments de mes films, c'était le prix à payer pour sensibiliser l'opinion publique. Il le faut pour être entendu.

Cette médiatisation, je la vis un peu comme une épreuve. Elle fait partie du terrible préjudice, un supplément de problèmes après la mort de Laurent. Cela rentre dans une lutte dont je me passerais largement. Je me force à le faire. Je me dois de le faire.

AGNÈS

La première médiatisation a eu lieu quand Laurent était encore vivant. En mars 1991.

Un journaliste, Dominique Rizet, nous a téléphoné pour faire un article sur nous. Notre réaction immédiate a été :

– Non, on ne veut pas, laissez-nous tranquilles.

J'ignore précisément qui lui avait donné notre adresse, on ne nous l'a jamais dit. Finalement Dominique a promis l'anonymat, pas de photos. Il a tellement insisté qu'on a accepté de le recevoir. Laurent venait d'être malade, il ne parlait pas, il était fatigué, dans son coin, sur le canapé du salon. Dominique a passé la soirée avec nous. C'est quelqu'un de bien. Il avait promis la discrétion, et il a tenu parole. Son article a sûrement fait bouger les choses. Nous sommes devenus amis avec lui, on a gardé le contact pendant un an. Quand Laurent est mort, il est venu nous voir, et il a dit à Patrice :

– Là, c'est trop dur, il faut dénoncer ce qui s'est passé.

On a discuté avec lui deux jours et deux nuits de Laurent, de tout ce qu'on avait vécu. Ça nous faisait du bien de parler. Puis Patrice lui a montré les films qu'il avait tournés. L'enfance de nos gamins, leurs difficultés, mais leur bonheur aussi. Puis le sida, la souffrance.

Il y a eu un deuxième article, puis le film sur Antenne 2.

Le film, moi, je ne peux plus le regarder. Je l'ai vu quatre fois. Maintenant je ne peux plus. Une photographie, ce n'est pas pareil, c'est juste un moment, ça ne bouge pas. Dans le film, Laurent est en vie. C'est si dur de le voir sourire, avec son petit visage tout amaigri. Il était si beau, mon Laurent...

Il n'a jamais eu de mouvement de recul face à la caméra. Les trois dernières semaines, il demandait lui-même qu'on le filme, il était tellement maigre... Il disait :

– Montre-leur, papa.

Il savait que Patrice filmait pour le montrer plus tard, quand il serait guéri... Parce qu'on avait une peur terrible aussi qu'on nous réponde après la guérison : « Mais ils n'ont pas eu le sida vos enfants... » Cela s'est déjà vu ! Une de mes amies, atteinte du cancer, a guéri par l'alimentation naturelle. Et elle a entendu avec stupéfaction son médecin lui dire :

– Mais, madame, vous n'aviez pas le cancer !...

On y croyait tellement, on la voulait tellement cette guérison.

Patrice était très, très prudent. Il ne voulait pas que les gens comprennent mal ces images de la souffrance de Laurent. Il voulait qu'on sache la vérité. Laurent avait été tué. C'était une preuve pour nous, un témoignage. On avait perdu toute confiance. Patrice filmait parce qu'on se disait :

« Ils sont malades tous les deux, ils ont le sida, et si on arrive à les sortir de là, avec toutes les souffrances qu'ils supportent, certains seraient capables de nous dire un jour qu'ils n'ont pas été malades, de nier leurs souffrances... »

Le film a déclenché beaucoup de choses. La première, c'est de la gentillesse. Une actrice qui avait déjà lu l'article de Dominique nous a offert un voyage en Floride. On est partis dix jours. Stéphane était heureux ! Grâce à elle et à sa générosité, un rêve se réalisait !

Après la diffusion du film, on a reçu plus de 2 500 lettres. Des gens de toutes sortes, des jeunes, des mamans, des grand-mères. Plus de femmes que d'hommes.

Stéphane a du mal à répondre à tout le monde, il est débordé. C'est moi qui le fais. Il y a des gens formidables qui veulent lui faire plaisir et lui envoient des cadeaux, des petits nounours, des *pin's*... Des enfants lui ont envoyé toute leur collection de *pin's*. Un magazine nous a emmenés à Eurodisney... Il y a de bons côtés. La gentillesse et le soutien des gens. Comme cette vieille dame dans le métro qui a mis un billet de 100 francs dans la main de Stéphane ! Le gamin était tout surpris, il ne voulait pas l'accepter et elle nous a dit :

– Je vous ai reconnus...

Puis, à lui :

– Non, non, garde-le...

Et elle s'est sauvée.

Ou alors ces gens qui arrêtent leur voiture dans la rue en double file pour nous serrer la main, comme ça... en disant : « On a vu le film. Bon courage... »

Ce sont des choses qui me touchent beaucoup. Ça soutient le moral. Ceux qui nous ont fait ça, les médecins, les politiciens, la justice qui traîne les pieds, ce sont des pourris. Les gens de la rue, eux, sont formidables.

Mais ce film, c'est vrai que je ne peux plus le regarder pour l'instant. Plus tard peut-être. Le visage de Laurent mort me revient par éclairs, la nuit, je le vois comme un fantôme, comme un cauchemar, parfois. Je m'efforce d'effacer tout ça pour ne pas souffrir, mais ça vient, ça me submerge, c'est trop dur et je m'effondre.

Parce que Laurent ne grandit pas, qu'il n'a pas eu d'adolescence, que toutes les questions qu'on se posait sur son avenir, ses études, son métier plus tard, tout ça est mort avec lui. C'est pour cela que je ne peux plus regarder ce film. Si je le regarde, je pleure comme une Madeleine, j'ai trop de chagrin et mes garçons n'aiment pas ça.

STÉPHANE

La médiatisation, je pense qu'elle était nécessaire, elle aurait peut-être même dû avoir lieu avant. Mes parents ne voulaient pas, pour protéger Laurent. Ça a été très utile. Les journalistes nous ont beaucoup aidés, mais je n'aime pas poser pour être pris en photo. Que ce soient les journalistes ou mon père. J'ai toujours dit à papa :

– Si tu filmes, tu filmes au moment où je fais quelque chose.

Mais pas exprès. Je ne veux pas faire exprès. Je veux être naturel. Ce serait berner les gens. Je n'aime pas mentir. Parfois on me demande de ne pas dire des trucs, je n'aime pas non plus.

Avant la médiatisation, quand on me disait : « Tu es malade ? », il fallait que je réponde : « J'ai des problèmes de défense immunitaire... »

C'était la vérité mais, dans un sens, c'était mentir par omission. Je préfère dire : « J'ai le sida », et puis voilà !

Les esprits ont changé. Maintenant on peut le dire. La médiatisation pour cela a été la bienvenue. Tout le monde sait, je ne cache plus rien maintenant. Surtout que je n'ai rien à cacher.

Mes parents pensaient que certains pourraient mal réagir, pas seulement mes copains, mais leurs parents. Et finalement tout le monde l'a su quand le film a été diffusé dans « Envoyé spécial » le 4 juin 1992. La semaine d'après, nous avons organisé une boum de fin de troisième à la maison, toute ma classe est venue. Pourtant, leurs parents avaient vu l'émission. À part mes trois meilleurs copains et une copine à qui je l'avais annoncé un peu avant, ils l'ont tous appris comme ça, mais il n'y a pas eu de problème. Je n'ai rencontré personne qui ait eu peur de moi. Ou alors je ne m'en suis pas rendu compte, mais je l'aurais vu, je pense.

Ce n'est malheureusement pas le cas de tous les sidéens. Et pour les aider dans leur maladie, il faudrait que cela change. Moi, d'être entouré, cela m'a beaucoup aidé. Cela m'aide toujours.

PATRICE

Il faut dire les choses telles qu'elles sont. Il y a beaucoup de contraintes dans la médiatisation. Mais l'important, c'est de mener la lutte, d'arriver au bout, qu'il y ait une morale dans cette affaire très grave de santé publique. Ce qui s'est passé pour les hémophiles peut se reproduire demain pour d'autres. Il faut qu'il y ait une morale, que les coupables soient traduits en justice, que la justice fasse enfin son travail correctement. C'est ce que je demande. Toute cette médiatisation, c'est pour en arriver là.

C'est vrai qu'il y a des gens formidables qui nous ont aidés, qui ont soutenu Stéphane dans son épreuve. On nous a invités à des spectacles. Stéphane étant passionné d'aviation, il a été invité à des meetings aériens. Nous avons fait des rencontres, et des tas de choses qu'on n'aurait jamais pu connaître, et qui ont aidé Stéphane. On ressent la chaleur de tous ces gens, ça fait du bien au cœur, ça nous aide à vivre.

Mais de savoir qu'il y a des gens qui n'ont pas de conscience, qui tuent sans scrupules, qui n'ont pas de remords, qui ne se sentent pas coupables... ça c'est insupportable.

Je comprends que parfois Stéphane en ait marre. Moi aussi parfois je n'en peux plus. Je ressens la même chose que lorsque je faisais mes films, quand je me disais : « Je ne peux plus filmer une horreur pareille. » Profondément j'avais même honte de moi-même. Et pourtant il fallait qu'ils le voient, qu'ils prennent conscience de ce qu'ils avaient fait.

Je pense que la justice ne se fera pas si on ne se bat pas. Je n'espère pas l'impossible, mais il y aura au moins une chance pour que cela ne se reproduise plus, si la justice est exemplaire. Pour moi ce n'est pas politique, c'est du droit commun. Des crimes ont été commis. S'il y a des politiciens responsables, ils doivent être considérés comme des droits-communs.

Je ressens en ce moment un certain malaise, un blocage. Pourquoi ? Est-ce qu'il y a des pressions venant de très haut ? C'est devenu une affaire politique, comme si cela ne regardait plus les victimes ! Quand on entend ces gens dire qu'il faut régler cette histoire avant les élections, on comprend que c'est devenu leur affaire à eux, et qu'elle échappe totalement aux victimes. C'est encore plus monstrueux.

AGNÈS

Garretta en prison, jugé coupable... Ce n'est pas mon problème, c'est le sien. J'ai dépassé ce stade de rancœur vis-à-vis d'un bouc émissaire, comme ils disent. Qu'il se débrouille avec sa conscience. Pour Patrice c'est plus dur, je crois qu'il lui en veut davantage.

Le côté commercial de l'affaire est difficile à supporter. Tuer pour de l'argent. C'est impensable.

Je l'ai regardé pendant le procès, cet homme. Comment a-t-il pu faire ça ? À mon avis, il est perverti par le pouvoir et l'argent. Je l'ai regardé en me demandant ce qui peut arriver à un homme comme lui pour qu'il commette de tels actes. Il n'a pas vu plus loin que le bout de son nez, que le bout de sa puissance. Il était imbu de lui-même ? Il voulait la puissance, la gloire, la renommée ? Maintenant, il est connu, et il est lamentable pour moi. Il n'a pas de conscience. Il ne mérite pas plus de considération que cela.

Je ne sais même pas s'il a compris ce qu'il a fait, je veux dire comprendre profondément au nom de quoi on peut décider de la vie et de la mort des gens... Est-ce qu'il se sent coupable, vraiment ? Peut-être que les yeux dans les yeux il me dirait la vérité. Mais pour survivre maintenant, il a dû se trouver des excuses. Et il n'est pas tout seul.

Ce n'est pas quelqu'un à qui j'ai envie de penser. Ça m'empoisonnerait la vie. Grâce à la presse, tout le monde s'occupe de lui. Pas moi. Si je passais mon temps à le haïr parce qu'il est l'un des responsables de la mort de mon fils, je passerais à côté de la vie, de Stéphane et d'Alexandre. Je laisse ces individus se bouffer entre eux.

Mais notre film l'a vraiment dérangé. Les gens ont pris conscience de ce qui s'était réellement passé. Tant que ce n'étaient que des chiffres, ils n'avaient pas cette vision de la réalité. C'est le seul film existant sur un sujet si grave : l'hémophilie et la contamination.

Je n'ai pas vu le film d'Hervé Guibert [1]. J'ai acheté son livre, j'ai commencé à le lire, puis je me suis arrêtée. C'est un être trop solitaire, trop torturé. Pour moi, il n'y a pas de différence entre les

1. Écrivain et photographe mort du sida en 1992.

malades du sida par drogue, rapports sexuels, ou hémophilie. On a tous pris le même virus et, à partir de ce moment-là, on est tous dans la même galère. Sauf certains qui ont la solitude en plus.

Je dis « on » parce que ce virus, nous, les parents, c'est comme si on l'avait. Je trouve simplement ce crime plus injuste pour les hémophiles, et encore plus pour les enfants hémophiles : ce sont des gamins qui souffrent déjà beaucoup dans la vie. Bien sûr, c'est injuste pour tout le monde, mais ce n'est pas la même forme d'injustice.

Souvent je me demande comment ils ont fait pour ne pas éviter ça. C'est l'inconscience de toute une chaîne de gens qui n'ont pas pris leurs responsabilités. Qui n'ont pas fait leur métier, tout simplement, qui n'ont pas fait les choses en pensant d'abord à la vie.

STÉPHANE

Ah, le procès!... Je pense que le procès, papa s'y accroche beaucoup, c'est important que les responsables de la mort de Laurent et de ma contamination soient jugés. Papa est toujours en train de dire :

– Je ne veux pas que Laurent soit mort pour rien.

Moi, ça m'intéresse, forcément, mais parfois j'en ai marre, ce qui compte maintenant, c'est de vivre heureux. Il y a un moment pour se battre et un moment pour vivre. J'aimerais que ça se calme un peu. C'est vrai, j'en ai un peu marre d'entendre parler constamment de cette sale affaire. Parfois, je me demande à quoi ça sert de gaspiller son temps à s'occuper de ces gens-là.

On les a reconnus coupables, même si ce n'est pas comme il faudrait... Coupables d'avoir vendu des produits mortels mais pas coupables d'avoir tué. On ne tient pas compte du crime dans les chefs d'inculpation.

Je dis « ces gens-là » parce que, pour moi, ils sont tous plus minables les uns que les autres, alors je les mets dans le même sac de « gens ». Une fois, un journaliste a dit :

– Stéphane aimerait bien regarder Garretta dans les yeux.

Je n'ai jamais dit ça. Ce que je voulais dire, moi, c'est qu'il ait le courage de se montrer devant les victimes. Il se cachait !

C'est une affaire d'adultes. Qu'on m'interroge sur ma vie, sur mes passions, oui, mais pas sur le procès, pas sur Garretta. À un moment, j'ai eu envie de parler, avant le procès et à son début. Maintenant plus du tout. Quand les journalistes se sont précipités sur nous après le verdict, comme si on était des vedettes, c'était gênant. Ils se battaient à une trentaine avec des caméras, des appareils-photo. Ça m'a ôté l'envie de parler. Je sais que leur métier est d'informer, je les approuve. Ils ont fait un travail remarquable en parlant de ce scandale. Sans eux, l'affaire ne serait jamais sortie. Mais ce jour-là, ils n'avaient pas besoin de se précipiter sur nous. On avait le temps. On aurait pris le temps de parler.

PATRICE

Ce procès a fait beaucoup de remue-ménage, beaucoup de vent, beaucoup d'air, mais en réalité il ne s'est pas passé grand-chose en ce qui concerne les condamnations. Je suis écœuré. On voit qu'il y a une volonté de protéger un certain nombre de personnes. Nous, on a porté plainte contre X, pour le décès de Laurent et l'empoisonnement de Stéphane. Et on s'aperçoit que X, responsable de la mort de mon fils, se résume à Garretta et trois autres inculpés ! Et que l'inculpation n'a rien à voir avec le crime d'empoisonnement. Il n'y a qu'eux qui ont été jugés, et encore pas comme il le faudrait. Ils auraient dû passer aux assises, être condamnés à des peines beaucoup plus lourdes.

Dans les moments les plus durs, à la mort de Laurent, si j'avais eu Garretta devant moi, je ne sais pas quel comportement j'aurais pu avoir. Une envie de lui taper dessus peut-être ? Mais, avec le recul, je n'ai plus besoin de ça. Par contre, une envie très forte d'une justice vraie. J'entends par justice quelque chose qui représente une sécurité pour les personnes, pour l'avenir, qui soit suffisant pour servir d'exemple, et que cela ne recommence pas.

Ce crime est tellement violent, tellement odieux, que même la peine la plus forte en ce moment ne correspondrait pas à l'ampleur du mal. Même si on donnait vingt ans de prison à Garretta, ça ne serait pas assez pour toutes les vies qu'il a retirées, pour toutes les souffrances qu'il a occasionnées.

Il peut toujours dire qu'il ne supporte pas la

prison, qu'il en a peur, personne n'aime la prison! Un an ou cinq ans, ça ne ressemble à rien. S'il s'était excusé encore, s'il avait accepté de se reconnaître coupable, cela aurait été énorme pour les victimes. Faute avouée est à moitié pardonnée. Si tous les responsables avouaient, ce serait un soulagement. Mais ils ne veulent rien admettre, et ça, ça fait un mal terrible. C'est honteux!

L'instruction aurait dû être dirigée sur ceux qui sont responsables de la contamination de nos enfants. Il semble évident que, parmi les responsables, il y a le médecin spécialiste de l'hémophilie qui était au courant des dangers de la transfusion depuis 1983, avec le docteur Allain. Qui connaissait les conséquences du sida. Qui savait que les produits étaient contaminés. Ils auraient pu au moins nous en informer. Nous dire que des produits chauffés existaient ailleurs. Je serais allé les chercher au bout du monde pour mes enfants, et à n'importe quel prix!

Pour Garretta, c'est très grave, car il savait qu'il contaminait des milliers de personnes, et qu'il distribuait la mort avec ses produits. Il le savait, mais il ne connaissait pas les gens qu'il tuait.

Les médecins prescripteurs, eux, les connaissaient de près. Au procès, on nous a dit qu'il y avait une quarantaine de médecins dans ce cas, des spécialistes en hématologie et en hémophilie. Alors... si l'instruction avait été bien menée, ces gens-là auraient dû se retrouver en justice.

Je ne peux pas admettre que ces médecins puissent continuer d'exercer la médecine comme si de rien n'était. Je suis étonné du comportement du Conseil de l'ordre des médecins. Il aurait dû prendre des sanctions il y a longtemps. Aucun médecin n'a été condamné, excepté Garretta. Alors, quand on voit le Conseil de l'ordre s'attaquer à la médecine parallèle, sous prétexte de déontologie, et ne pas sanctionner une médecine qui a distribué des poisons ! Avec une chance sur deux de tuer, et parfois plus, comme à la roulette russe !

Pendant ce procès, j'aurais voulu leur montrer la cassette du film de mes enfants. Surtout aux juges, au procureur. Je me demande par moments s'ils ont conscience du côté humain. Parfois je me disais en les écoutant : « Mais est-ce qu'ils se rendent compte qu'en ce moment ils parlent face à des victimes qui ont tellement souffert ? »

Par exemple, un jour, nos avocats attaquaient durement les parties adverses sur leurs responsabilités. Et tout à coup, le président en a eu marre et a dit :

– Cessez de torturer les prévenus !

Il a suspendu la séance, qui a repris le lendemain. Autrement dit, il estimait que nos arguments irréfutables et les attaques verbales étaient de la torture.

J'étais scandalisé. Qui a torturé qui ? Je me suis demandé s'il était apte à juger, avec une attitude de ce genre, ou s'il ne refusait pas d'écouter la vérité des deux côtés. Nos avocats nous avaient prévenus :

– Ce sera dur pour les victimes. C'est normal, c'est un procès.

Mais on les sentait vraiment protégés, ces gens,

on sentait qu'il ne fallait pas trop déranger. Ça m'a écœuré, je me suis dit : « C'est perdu d'avance. »

La Haute Cour, c'est vraiment l'exemple. J'ai l'impression qu'ils essaient d'endormir les gens avec ça. Et le pire, c'est que ça a l'air de marcher. Cette Haute Cour devrait être supprimée. Comment des politiciens peuvent-ils juger d'autres politiciens pour une affaire de droit commun ? C'est aberrant et malsain. On trouve le moyen de demander à y passer en sachant très bien qu'on n'y passera pas ! C'est fin, c'est de la bonne psychologie, de la haute finesse politique !

Après ça, on repart dans les élections, comme si de rien n'était. Des manœuvres, en fait.

Or, ce sont des gens qui ne devraient plus avoir le droit de faire de la politique.

Je veux savoir qui est responsable et c'est à la justice de le déterminer.

Il s'agit d'un crime d'empoisonnement avec préméditation, pour moi c'est définitivement un problème d'assises.

STÉPHANE

Je m'intéresse beaucoup à l'actualité en général, mais je n'aime pas les hommes politiques. Pas du tout. Je n'ai pas envie de donner d'opinion sur les hommes politiques. Je m'en méfie, c'est tout ce que je peux dire.

Je pense que mon père a sa manière de combattre. Ça m'embête pour lui, je me dis : « Mais pourquoi il continue à se faire du souci alors qu'il en souffre ! » C'est vrai que je n'y attache pas la même importance que lui. Il est accroché à cette bagarre, et en même temps il a peur qu'elle finisse sans que la justice soit rendue.

AGNÈS

Le 23 octobre 1992, à la sortie du Palais de justice, tout à coup Stéphane a dit :

– J'en ai marre de ce procès, foutez-moi la paix. Je ne veux plus parler de tout ça.

Depuis il n'en parle plus.

Le procès l'a beaucoup fatigué. Il avait envie d'y aller, de comprendre pourquoi il avait été contaminé. Il n'a pas eu de réponse. Ça l'a dégoûté. Il a déclaré aux journalistes :

– Ce n'est pas à moi d'en parler. Moi, je reste à ma place, c'est à vous, les adultes, de traiter cette affaire.

Quelquefois il nous dit :

– Si je n'avais pas été contaminé, on n'en serait pas là, on n'aurait pas tous ces problèmes.

Il essaie aussi de ne pas trop y penser, de mener sa vie d'adolescent avec ses passions, ses envies, sa famille, ses amis. Ce qu'il n'aime pas trop, c'est quand les journalistes lui sautent dessus comme sur une bête curieuse, et surtout lorsqu'ils n'écrivent pas exactement ce qu'il a dit. Il a été parfois déçu par la presse. Alors il est prudent, comme son père.

Je l'ai bien observé à la sortie du procès quand les journalistes nous ont sauté dessus en se bousculant, et que nous n'avions même pas le temps de leur répondre. Il les regardait avec l'air de dire : « Mais vous êtes complètement fous. »

Je le connais, mon Stéphane. Il peut parler facilement devant une caméra, mais cette fois il était écœuré par ce remue-ménage. Maintenant il a besoin de vivre tranquille.

Il a raison, c'est une affaire d'adultes. L'affaire du sang contaminé va beaucoup plus loin qu'on ne le pense. Elle montre que notre société est malade. Elle montre une grande incompétence, elle montre des gens qui veulent le pouvoir et ne sont pas capables de l'assumer. Elle montre le pouvoir de la presse. C'est la presse qui a fait que Garretta est en prison, pas la justice. C'est la presse aussi qui protège le pouvoir. Elle montre l'immense pouvoir des médias. Elle montre le pouvoir des médecins, des « mandarins », qui se serrent les coudes, tout en sachant qu'il y a une brebis galeuse en prison. Une seule. Elle montre des magistrats et une justice qui en ont marre de ce pouvoir politique pesant sur eux.

L'affaire du sang contaminé, c'est la goutte de sang qui a fait déborder le vase d'une société malade. Les Français en sont conscients. Tous les gens qui nous écrivent depuis que le film a été diffusé le disent. On le ressent dans toutes les lettres. Mais j'ai peur que les gens oublient avec les élections.

C'est un nettoyage à fond qu'il faudrait faire. Sinon, ça va recommencer. On prend des gens qui n'ont pas de compétence, des m'as-tu-vu qui sont là pour le pouvoir, on les déplace du ministère « Chose » au ministère « Machin », et ils doivent prendre des décisions sur des dossiers que leur présentent des conseillers techniques...

Alors ça monte et ça dégringole de haut en bas d'une échelle... plus personne n'est responsable. C'est de l'administration pure, bête et lourde.

Il y a une chose qui me fait hurler. Je l'ai lue dans un grand magazine. Monsieur Fabius a dit : « L'affaire des hémophiles va me coûter la présidence de la République. » C'est son seul souci. Je voudrais que les gens n'oublient pas l'homme et la phrase.

C'est l'incompétence qui me fait hurler. Toutes les incompétences. Il ne faut pas que les gens oublient ces incompétents, ceux qui disent :

– Ce n'est pas moi qui devais prendre la décision, celui qui signe est le responsable.

Et ceux qui disent :

– Moi, j'ai signé mais on ne m'a pas informé. Je suis responsable mais pas coupable.

Le haut de l'échelle, le bas de l'échelle, le milieu de l'échelle, tous les barreaux, et l'incompétence qui grimpe de barreau en barreau. Et l'argent pardessus, et la politique autour, autant de droite que de gauche.

Il n'y a pas de morale dans cette affaire.

J'aurais voulu pour mon fils Laurent, pour mon fils Stéphane et pour toutes les autres victimes et leurs familles, que quelqu'un s'excuse. Que Garretta s'excuse puisqu'il était tout seul. Au procès il a un peu craqué, il a dit :

– Je reconnais que je n'ai pas pris les bonnes décisions.

Mais c'est tout. Il n'a pas dit qu'il regrettait. Il n'a pas dit qu'il s'excusait ! Il n'a même jamais demandé qu'on lui pardonne! C'est fou, non? Je ne sais même pas si ça m'aurait soulagée qu'il demande pardon... C'était pourtant la moindre des choses!

PATRICE

Je ne sais plus à quel moment c'était, ce procès a duré six semaines, mais un jour quelqu'un a enfin abordé le problème de la surcontamination. J'étais content qu'on en parle, mais je n'avais pas la parole à ce moment-là, je ne pouvais donc pas intervenir.

Depuis la séropositivité de Stéphane, je craignais une surcontamination. Jusque-là, ils niaient tous le danger, et ils ont continué à le nier. Pourtant c'était logique pour moi, tout le monde peut comprendre que, à partir du moment où on injecte à quelqu'un une faible quantité de virus, ce quelqu'un a moins de chances de développer rapidement la maladie que si on lui en injecte une forte quantité! Dans ce dernier cas, son organisme aura beaucoup plus de mal à lutter.

Or, pour Stéphane, j'ai tout de suite posé la question au médecin, puisque je ne savais pas que les produits chauffés existaient. J'ai demandé s'il fallait arrêter la prophylaxie pour échapper à une surcontamination. Ça me semblait évident. Le médecin m'a affirmé que la surcontamination n'existait pas! Stéphane était infecté, il ne pouvait pas l'être plus! Donc il fallait continuer la prophylaxie.

Malheureusement, on ne pourra sans doute

jamais le démontrer, mais je suis sûr, moi, que Stéphane et Laurent ont été de ce fait surcontaminés. Et pour moi le crime est double. On ne s'est pas contenté d'empoisonner Laurent, on l'a achevé.

À ce moment-là du procès, alors que les médecins continuaient à nier la surcontamination, j'ai eu le sentiment profond que leur langage cherchait à protéger les responsables de cette surcontamination.

Est-ce qu'un médecin, se sachant empoisonné par un produit identifié, aurait accepté lucidement d'en recevoir davantage ? Sachant qu'il existait à l'étranger un produit fiable ? À mon avis, ce médecin-là aurait pris l'avion à n'importe quel prix pour se le procurer !

J'ai entendu presque pire, si l'on peut dire : à partir du moment où l'on a été sûr que les produits chauffés étaient préférables aux autres, que les spécialistes se sont mis d'accord sur ce principe, que la France a décidé d'utiliser cette technique... eh bien, au lieu de prendre une décision totale pour que tout le monde, sans exception, puisse en bénéficier, on a encore fait du commerce !

Nous l'avons lu dans des revues spécialisées. Le choix était le suivant :

La production française de produits sanguins chauffés étant INSUFFISANTE, les produits contaminants continueront à être distribués aux gens déjà contaminés. Les produits chauffés seront réservés aux enfants et aux personnes non contaminées.

Déontologiquement, une telle décision prise par des médecins, c'est complètement fou!

Pour moi, cela revient à dire aux gens : « On tue d'un côté, on ne tue pas de l'autre! »

Maintenant la vie

STÉPHANE

J'ai des tas d'idées pour mon avenir mais je sais que je ne pourrai pas toutes les réaliser. Plusieurs métiers m'auraient passionné ; certains en relation avec l'aviation, ou d'autres avec l'informatique.

À l'heure actuelle, les logiciels sont de plus en plus performants. Ils utilisent des moyens cinématographiques et des images digitalisées. Ce qui m'intéresserait serait de concevoir ces programmes et de coordonner les acteurs avec les décors pour créer des jeux interactifs.

Une autre sorte de métier m'aurait plu : être pilote dans la sécurité civile. Je sais que mon état de santé ne me laisse que peu d'espoir d'y arriver. Mais en ce moment, je suis en train de réaliser un de mes rêves : pouvoir piloter seul.

Je prends mes cours à Yenne, en Savoie, où j'ai eu la chance de rencontrer Philippe Zen, le champion du monde d'ULM biplace. Il est entouré d'une équipe formidable d'instructeurs et de mécaniciens.

Aux commandes de mon ULM, je m'évade, j'ai une impression de liberté. Je me souviendrai toujours du jour de mon lâcher. C'était la première fois que j'allais voler seul à bord de l'appareil de l'école.

Tout d'abord, Philippe m'a entraîné et testé pour décider de mon lâcher. Puis on s'est garés, et il m'a dit en rigolant :

– J'en ai marre, tu voles trop mal, tu vas y aller tout seul, je ne veux plus monter avec toi.

Je me souviens bien de ce qui s'est passé. J'étais en forme, je me sentais bien, il faisait beau au début de la journée. J'ai pris l'ULM seul pour la première fois. Je me suis dit : « Je vais aller vers la piste faire les vérifications, et on verra bien après. » J'avais toujours le temps de revenir.

Starter relevé, température, essence, commandes, ceinture, on y va ! Je me mets sur la piste... j'y vais, j'y vais pas... Et puis d'un seul coup ma main a poussé la manette de gaz ! L'appareil s'est élancé et, dès que j'ai tiré sur le manche pour décoller, j'étais tellement concentré que toute mon angoisse est partie. J'ai fait un tour de piste, je suis revenu me poser, j'ai redécollé, je suis allé un peu plus haut pour me balader. Personne à côté de moi. J'étais tout seul, c'était génial ! Ça m'a fait un effet ! J'étais capable d'y arriver tout seul ! Un vrai plaisir. J'ai refait un tour et, comme personne ne me disait d'arrêter, j'ai continué. C'était ça le lâcher. C'était super.

J'aimerais voler partout, faire le tour du monde. J'ai une bonne combinaison, et sur mon ULM il y a des portes qui se ferment. Je ne risque pas de prendre froid.

J'ai déjà mon brevet théorique. Maintenant j'ai l'autorisation d'être seul à bord, je ne vais pas tarder à recevoir mon brevet officiel. J'espère que l'aviation civile va se dépêcher de me l'envoyer.

La plupart des jeunes de mon âge ont une Mobylette, une moto, un véhicule qu'ils peuvent conduire tout seul. Mes parents, et je les approuve, préfèrent que je n'aie pas de Mobylette. C'est trop dangereux. Mais j'ai la chance de pouvoir piloter mon ULM. C'est ma Mobylette à moi. Et c'est mieux, dans un sens.

Bientôt, je pourrai décoller du terrain d'à côté de chez moi et atterrir à Saint-Jean-d'Avelanne. Il y a mes copains là-bas. Quand j'aurai la « qualif » passager, je les emmènerai faire un tour à Annecy ou à Grenoble...

Il y a des filles qui me disent :

– C'est toi qui passes de temps en temps avec ton ULM ?

Alors je leur dis que je les emmènerai un jour...

Voler... il n'y a rien de plus formidable.

Agnès

Avant que le film soit diffusé à la télévision, quelqu'un de l'Élysée a téléphoné en disant :

– Monsieur Mitterrand voudrait faire quelque chose pour Stéphane, il a été très touché par votre problème...

Il proposait à Stéphane de l'emmener dans le Concorde présidentiel à la conférence sur l'environnement à Rio de Janeiro le 13 juin 1992. Stéphane a sauté de joie ! Partir dans l'avion présidentiel, ça n'arrive pas à tout le monde, et il est tellement fou d'avion ! Il rêve de monter dans tout ce qui vole, il aurait voulu être pilote professionnel, et il en serait capable s'il n'y avait pas tout ça...

Patrice a d'abord demandé :

– Sans photographes ? Sans rien ?

– Non, anonymement, pour assister à la conférence et visiter Rio.

Alors on a réfléchi. On a dit à Stéphane :

– Écoute, il faut être logique avec nous-mêmes. On sort un film qui fait peur au Gouvernement, dans lequel on dit que la mort de Laurent est un crime, que ta contamination et celle de tous les hémophiles est un crime, qu'on nous a tué nos enfants, et qu'il y a des responsables politiques. En fait, c'est le Gouvernement que l'on met en cause. Et toi, tu irais te promener en Concorde avec le président de ce Gouvernement ?

Ils voulaient désamorcer quelque chose, à mon avis. Pourquoi faire cette proposition au téléphone et pas par lettre ? Sans laisser de trace ?

– Tu comprends, Stéphane, il ne faut pas y aller, on sait que tu adorerais voler en Concorde, mais justement... ils jouent là-dessus, c'est malhonnête. Ils ont pris en considération le fait que tu aimes l'avion pour te faire rêver avec une histoire de prestige, te balader à Rio avec le Président. Tu aurais fait un beau voyage et après : « Merci, monsieur le Président... » Tu comprends, Stéphane ? On ne peut pas dire merci...

Il a compris. Après, il était embêté.

– Ils exagèrent, tout de même.

Quand il y a un problème, on essaie toujours de l'aider à analyser la situation. Je dis comment je vois les choses, Patrice donne son idée, Stéphane la sienne, on a toujours fait comme ça. Quand Stéphane a cerné la situation pour cette histoire de Rio, il nous a dit :

– Je n'avais pas vu la chose comme ça. Juste avant que le film sorte, tu parles d'une coïncidence!

Mon idée, c'est qu'ils se sont dit : « On va emmener le gamin à Rio, ils seront contents, ça sera toujours une famille d'hémophile neutralisée... »

Ce qu'ils ne comprennent pas, c'est que nous, on n'a plus rien à perdre. Moins à perdre qu'eux. Nous, on a déjà perdu Laurent.

Qu'est-ce qu'on a d'autre à perdre ? Moi, je n'ai pas de situation, Patrice a son travail, on vit simplement avec nos enfants.

Ils nous ont pris notre fils, ils ont gâché notre vie, qu'est-ce qu'ils peuvent nous prendre de plus ? Rien. Si! Ils ont essayé de prendre notre honneur. Ça n'a pas marché.

Nous, on préfère dormir tranquilles.

PATRICE

Ce monsieur qui a téléphoné de l'Élysée a beaucoup insisté, il voulait absolument me joindre et ne pouvait pas attendre. Agnès a donné mon numéro au travail. Vers 11 heures du matin, j'ai reçu l'appel. Je n'en revenais pas! Un conseiller du Président...

Il m'a posé une première question :

– Quels sont vos principaux problèmes liés à la contamination de vos enfants ? Est-ce que l'on peut vous aider ?

J'ai répondu :

– Il y en a deux. Premièrement, ce sont les indemnisations, il nous les faut très, très rapidement. Laurent avait beaucoup de rêves de voyages que j'aurais aimé réaliser pour le rendre heureux, c'était la moindre des choses. On lui devait bien cela, le rendre heureux dans sa maladie. Je n'ai pas pu le faire vraiment pour lui. J'aimerais le faire pour Stéphane. Et la deuxième chose, c'est que la justice fasse son travail, que les responsables, même politiques, soient jugés.

Il a répondu :

– Merci, je note. J'ai un message... le Président a été touché, il m'a demandé si vous seriez d'accord pour que Stéphane soit le petit garçon qui l'accompagnera à Rio à la conférence sur l'environnement.

Je ne savais pas, sur le moment, s'il fallait dire oui ou non. J'ai dit que j'allais réfléchir. Qu'il y avait un problème avec l'hémophilie, qu'il faudrait qu'on l'accompagne.

– Ce n'est pas la peine de l'accompagner, nous avons des médecins compétents.

J'ai pensé à la joie de Stéphane. Ce pouvait être pour lui un beau souvenir, un plaisir... comme ça l'aurait été pour tout enfant, ou même certains adultes. Le voyage en Concorde, c'était merveilleux pour lui, évidemment.

Seulement, ce n'était pas clair. Pourquoi choisir justement Stéphane alors qu'il y a tant d'autres enfants dans la misère ? Parce que la presse était déjà au courant que le film allait être diffusé sur Antenne 2 le 4 juin ?

Le voyage était prévu pour le 13 juin. J'ai reçu son coup de fil, j'ai réfléchi et envoyé une lettre de réponse en recommandé pour expliquer les raisons du refus, très poliment.

D'abord l'hémophilie majeure de Stéphane, et notre expérience dans ce domaine qui nous commandait de ne pas le quitter en cas d'hémorragie grave. Ensuite le fait qu'il était au stade 4 de la maladie du sida, et que nous pouvions encore moins, dans ces conditions, le laisser partir sans nous. Enfin, le procès. Il était fixé au 22 juin et, le Gouvernement de l'époque étant responsable de la contamination des enfants, nous ne pouvions pas, moralement, accepter ce voyage.

Malgré tout, j'ai indiqué notre numéro de dossier pour l'indemnisation, en exprimant l'espoir que soit débloquée la totalité des fonds auxquels Stéphane avait droit, ne sachant pas le temps qu'il lui restait à vivre.

À dire vrai, j'ai eu l'impression que cette histoire de Concorde à Rio était un hochet que l'on nous tendait pour nous faire taire.

Pour le film, vis-à-vis de l'opinion, nous n'aurions plus été crédibles de la même manière si nous avions accepté.

Un autre enfant est parti avec le Président, il n'était pas hémophile, il n'avait pas le sida.

Un jour, je l'offrirai à Stéphane, ce voyage en Concorde.

STÉPHANE

Le voyage en Concorde, j'ai compris. Pas de commentaires intéressants à ce sujet, en ce qui me concerne.

Mais j'aimerais bien voler dans un avion de chasse. Ça doit être super. On m'a proposé aussi un tour de deltaplane, ça ne s'est pas encore fait, mais ça viendra peut-être un jour.

L'avion, l'ULM, ça me raccroche. Tout m'intéresse, les logiciels, les livres, les disques, les cassettes vidéo. Je ne suis pas vraiment dépensier, c'est seulement quand je vais à la FNAC. Mon dernier achat c'est la trilogie des *Indiana Jones*, ça faisait longtemps que j'avais envie de les voir, tout le monde les avait vus autour de moi. J'ai pris aussi *Terminator II*. Dans ce film, l'enfant essaie d'inculquer à Terminator des sentiments, de lui apprendre à ne pas tuer. Je trouve que ce film a une sacrée morale. Il dit que la machine, l'informatique, c'est beau, que c'est très bien, mais que, à partir du moment où on lui inculque l'intelligence, ça peut se retourner contre nous.

Pour l'instant, ce qui compte pour moi, c'est de faire un maximum de choses. Ce n'est pas forcément égoïste, j'adore inviter les copains. Dès que je pourrai, je les emmènerai faire des tours en ULM. Ils sont passionnés d'aviation, ils rêvent de ça depuis longtemps. Et moi je serai tellement content! J'attends l'ULM, pour l'instant. Le seul problème c'est que je n'aime pas attendre, je n'aime pas perdre mon temps. J'ai quinze ans, j'aime tout dans la vie.

AGNÈS

Stéphane est toujours heureux de vivre, toujours souriant, toujours gai, toujours content. C'est un enfant fait pour le bonheur. Il est tellement intelligent ! Il est plus intellectuel que manuel, il sait des tas de choses, il est passionnant, et se passionne pour beaucoup de sujets. Il peut discuter avec n'importe qui et de n'importe quoi. Il aime énormément la vie, il la dévore complètement.

Il est généreux comme l'était son frère Laurent. Souvent, il achète des jouets à Alexandre qui, d'ailleurs, a pris de mauvaises habitudes. Chaque fois qu'il a envie de quelque chose, il dit à Stéphane :

– Dis, tu me l'achètes... tu m'achètes ce jouet ?

Et Stéphane, très souvent, cède et le gâte. Pour nous aussi il a souvent des attentions gentilles.

On s'est tellement investis dans le combat de Laurent qu'on avait fini par oublier un peu Stéphane et Alexandre. Je m'en rends compte maintenant. Mais il fallait le sortir de là, l'épauler.

À la mort de Laurent, je n'ai pas fait de dépression, je me suis anesthésiée. Je pleure souvent aussi, ça aide. Comme Stéphane. Au moindre problème on pleure. On sort les émotions, après on se sent mieux et ça repart. Mais on ne le fait pas devant les autres. J'essaie de ne pas pleurer devant Patrice, et lui aussi. On a souvent pleuré ensemble, mais maintenant, il faut que l'on soit forts. De quoi on aurait l'air, à pleurer devant les enfants ? Alors je pleure toute seule.

Maintenant, il faut aider Stéphane. Moi, j'ai peur, j'ai tout le temps peur. Patrice aussi. Et je crois qu'on a peur tous les trois, pareil. Stéphane a peur de ne pas avoir assez de temps à vivre pour tout faire. Parfois il le dit :

– Il faut que je me dépêche, je ne sais pas le temps qu'il me reste.

Mais à d'autres moments, il dit :

– Quand je ferai des études supérieures...

Parfois c'est l'avenir, parfois ce n'est que le moment présent. Et le temps présent, il faut bien l'occuper pour se libérer des angoisses. Il ne parle jamais de sa mort. Pour lui, il ne va pas mourir, et pourtant il dit :

– Je ne sais pas le temps qu'il me reste...

Cette précipitation à vivre s'est accentuée depuis la mort de son frère. Il n'était pas comme ça avant, à vivre à cent à l'heure. En ce moment, il veut voler tout le temps, c'est primordial dans sa vie. Patrice est en train de lui monter un ULM. Mais ça ne va pas assez vite. Alors Patrice se dépêche, le pauvre, il se fatigue, c'est long, et il n'a pas que ça à faire, bien sûr. Mais Stéphane n'aime pas attendre, il n'aime pas le temps vide. Il nous bouscule tout le temps. Parfois on est obligés de lui dire :

– Oh ! Stéphane ! Arrête, tu nous fatigues ! On ne tient plus le coup !

Si le week-end arrive et qu'il n'y a rien de prévu, c'est la catastrophe.

Il n'aime pas aller au lit non plus. Le soir, il traîne toujours :

– Stéphane... au lit! C'est l'heure... Demain tu vas au lycée, va dormir...

Et lui :

– Non, non! Je suis bien avec vous.

Il n'aime pas nous quitter. Aller se coucher, c'est nous quitter. Pourtant il se plaint de la fatigue scolaire, du stress au lycée. C'est un problème de concentration, il y a eu trop d'événements l'année dernière. Il est fatigué. Parfois, on ne parvient pas à savoir exactement la profondeur de cette fatigue. Il peut très bien dire : « Je suis fatigué... », aller se reposer deux heures, et éclater de forme tout de suite après.

C'est tout aussi angoissant pour nous lorsqu'il affirme :

– Je vais très bien.

On se demande si c'est vrai ou pas, s'il le dit pour nous faire plaisir, pour nous rassurer. Ou pour ne pas perdre de temps à ne rien faire... pour avaler la vie.

Cette boulimie d'exister, je l'ai vue se déclencher après la mort de Laurent. Laurent est mort le 31 janvier 1992. Les vacances de février étaient une semaine après, et il a fallu partir au ski. Pour Patrice c'était dur. Il avait besoin de faire son deuil, besoin de rester avec Laurent en pensée, d'aller au cimetière. Stéphane, lui, réclamait la vie, la sienne. Ça a été dur, mais nous sommes partis, pour lui et pour Alexandre.

Il dévalait les pistes comme un affamé. Patrice n'arrivait pas à le suivre. Il n'a pas pris le temps de faire le deuil de son frère. Il ne voulait pas. Il voulait se crever physiquement, s'écrouler de fatigue, de grand air, exister à pleins poumons.

Il lui arrive de craquer. L'autre jour par exemple, il avait du mal à apprendre ses leçons, ça l'énerve toujours.

– Mais... prends ton temps !

– Non ! Je n'ai pas le temps...

Et il pleure.

En dehors de l'ULM, il aime se promener dans les grandes surfaces, surtout la FNAC ! Là-bas, il y a tout ce qu'il aime. Les logiciels, les bouquins, les cassettes, il aime être au courant de tout. Il veut profiter de tout. On dirait quelqu'un qui se réveille quelque part dans un pays inconnu et veut tout voir, tout visiter, aller partout. Faire du ski, de l'avion, de l'ordinateur, des balades, des voyages... Faire... faire... faire...

PATRICE

Même maintenant, j'ai du mal à admettre la mort de Laurent. J'essaie que Stéphane en pâtisse le moins possible. Je sais qu'ils aimeraient, Agnès et lui, me voir moins malheureux. Même si je suis malheureux intérieurement, je m'efforce de ne pas le laisser paraître. J'en ai le devoir. Mais c'est difficile de le cacher.

Ça peut sembler bizarre aux autres, que je vive ainsi la mort de Laurent. Que je l'amplifie par rapport à Agnès, à Stéphane, à Alexandre. Mais tant qu'il n'y a pas la mort, il y a l'espoir, et .Laurent est mort.

Pourtant, face à la maladie, je lutte toujours de

façon optimiste. Parfois j'aimerais avoir le temps de souffler, de me décontracter. Mais cela fait partie de mon rôle de père de famille. Tout père de famille doit assistance à ses enfants, du mieux qu'il peut.

Maintenant le combat est celui de Stéphane, le même que celui de Laurent. Il est au courant de tout, de ses analyses, de ses défenses immunitaires. Il ne supporterait pas qu'on lui cache quelque chose. Quand les défenses immunitaires diminuent, comme en ce moment, je lui dis :

– Attention, Stéphane, prends des précautions, tes défenses sont faibles.

Parce que ça ne tient pas à grand-chose, il suffirait simplement que Stéphane déclenche une hémorragie importante, cérébrale par exemple, et que l'on soit obligé de faire des perfusions en grosses quantités de facteur VIII pour éviter le pire. Un problème comme cela peut lui être fatal car les perfusions affaiblissent les défenses immunitaires.

Je lui fais part de mes inquiétudes et lui dédramatise systématiquement les choses. Dernièrement les T 4 avaient diminué, c'est assez inquiétant puisqu'on sait que les T 4 ont un rôle assez important au niveau de la défense immunitaire. Je lui ai dit :

– Stéphane, ce n'est certainement pas grave, mais je t'informe que les T 4 sont très bas. Par contre les T 8 sont à la normale, mais il faut être prudent.

Et lui me répond :

– C'est chouette alors, les T 8 sont à la normale.

Stéphane est optimiste et cela l'aide beaucoup. De toute façon, il veut qu'on lui parle franchement. Côté examens sanguins, il sait très bien interpréter ses résultats. Il discute toujours avec les médecins, les chercheurs, il veut tout comprendre. Je ne lui cache rien. Tout en restant conscient qu'il peut y avoir demain de mauvaises nouvelles, et que je devrai l'en informer. Je ne pourrai pas faire autrement puisqu'il le veut.

Il a beaucoup changé. Il avale, il engloutit la vie. Tout ce qu'il fait, c'est à fond, jusqu'au bout. Par exemple, en ULM, il est prudent mais il va voler jusqu'à la dernière lueur, jusqu'à la tombée de la nuit. À ski, il fera la dernière descente, il va foncer, foncer pour en faire une dernière. Il a accéléré sa vie. Il est insatiable.

STÉPHANE

Parfois, je me pose des questions sur mon avenir. « Qu'est-ce que tu fais ? Pourquoi tu t'embêtes à faire ça ? Est-ce tellement important de poursuivre tes études ? N'est-ce pas perdre ton temps ? S'il ne te reste que peu de temps, ne vaut-il pas mieux voler, voyager, te promener, prendre le temps de vivre sans la contrainte du lycée ? »

D'autres fois, je me raisonne et je me dis : « Tu as peut-être l'avenir devant toi, reprends-toi, continue, étudie. Peut-être que plus tard tu le regretteras. » Alors je repars et je me remets au travail. C'est dur d'équilibrer entre les deux.

En janvier, j'ai été tellement malade et fatigué

que, pour m'aider, maman a décidé de me faire prendre des cours par correspondance. Je vais encore être empêché d'aller régulièrement au lycée en mai. Il y a l'appel du procès, et ceci pendant six semaines. On refait un procès, comme si le premier n'avait servi à rien. C'est encore une arnaque financière pour les victimes. Quel gâchis!

Agnès

Stéphane me dit tous les jours qu'il m'aime. Il l'a toujours fait, comme Laurent. On se dit souvent « je t'aime » chez nous. On est très câlins. Alexandre aussi. Il vient se coller littéralement contre moi. Parfois je lui dis :

– Va voir un peu ton père.

Chacun son tour, on les a toujours eus dans les bras, et on continue.

Quand il y en avait trois, on se les repassait. Ça a toujours été très important de leur dire « je t'aime ».

Laurent, au moins, je lui aurai dit tous les jours « je t'aime ».

Avec Alexandre, c'est le matin :

– Bonjour mon amour, comment tu vas ce matin ? Tu as bien dormi ? Tu es beau ! Comment as-tu fait pour être aussi beau ?

Il répond :

– Je ne sais pas.

Et on rit. Je suis d'une nature heureuse et maternelle.

Ce qu'on nous a fait, en tuant Laurent, en menaçant la vie de Stéphane, c'est aussi tuer le bonheur.

L'amour de nos enfants, l'amour entre nous deux, c'est cela qui nous tient. Quand on a perdu un enfant, on ne sait pas vraiment ce que l'on est... Orphelin ? Veuve ? Il y a des mots pour ceux que l'on perd, parents ou époux, mais pas pour exprimer la perte d'un enfant. J'ai entendu dire cela un jour par une amie qui a, elle aussi, perdu son enfant, et ça m'a frappée. Perdre son enfant, ça n'a pas de nom. Il faut le dire aux gens, pour qu'ils comprennent. C'est long et difficile.

Chacun porte son malheur à sa manière. Stéphane court après la vie, et moi je voudrais m'évader aussi, m'occuper de beaucoup de choses extérieures, fuir un peu. Nous sommes fatigués tous les trois d'avoir lutté si longtemps et si fort, et ça ne se traduit pas de la même façon. Je parle souvent de bouées différentes, chacun la sienne, sur un océan. On flotte comme on peut. Alexandre, lui, il flotte sans problème, comme un bouchon.

En lisant le courrier, je m'en rends compte, certaines personnes nous idéalisent, ils se rangent derrière nous parce qu'ils connaissent les enfants, et que les autres restent anonymes. Lorsqu'ils voient quelqu'un se battre, ils l'admirent. Nous, on ne se trouve pas admirables. On a rempli notre rôle de parents. On continue. Parfois Stéphane est un peu embêté de cela. Il grogne :

– Les gens disent que je suis courageux, et ci et ça. Il faudrait que j'occupe une certaine place, mais moi je ne suis pas tout ça.

PATRICE

Depuis la mort de Laurent, il s'est passé quelque chose en moi d'incroyable. Ça peut paraître un détail mais ça n'en est pas un. J'ai toujours eu horreur des araignées, des insectes. L'autre jour, il y avait un frelon dans la cuisine, je n'ai pas pu l'écraser parce que ça me fait beaucoup plus de peine que par le passé. Ça me bouleverse. J'ai essayé de le coincer avec du papier contre la vitre en lui faisant le moins de mal possible, et je l'ai jeté dehors.

Si ce frelon avait mis mon fils en danger, je l'aurais tué. Mais comme je pouvais faire autrement, je l'ai fait. C'est comme ça, je ne peux plus envisager de donner la mort, même à un frelon.

Par contre je m'accroche à la vie. La preuve, c'est que j'apprends à piloter comme Stéphane. Une échappatoire dont j'ai besoin. La concentration du pilotage m'occupe l'esprit. Mais, même dans ces moments-là, je pense encore à Laurent. J'ai une femme, des enfants, Alexandre à élever, Stéphane à sauver. Mais si j'étais seul, ou si j'avais été seul avec Laurent, j'aurais certainement trouvé un moyen de le rejoindre. De toute façon, on se rejoindra un jour, je pense.

Mais il faut essayer de vivre, de s'accrocher, et puis il est impératif que justice soit faite, que ce soit exemplaire, que cela ne recommence pas. Ce que j'ai souffert et que je souffre encore, je ne peux pas supporter que d'autres le subissent à leur tour. Je connais des familles complètement détruites par des souffrances morales atroces. Alors je refuse d'admettre qu'il y ait encore des risques dans l'avenir. Ce n'est pas pensable! Pas pensable!

AGNÈS

Quand on a des enfants sidéens, il faut prendre quelques précautions. Moi, j'ai toujours embrassé mes enfants, je les ai langés, soignés, j'ai pris des bains avec eux. C'est normal, je les aime! Mettre des gants, oui, quand je pratique certains soins. Mais sincèrement, je n'ai pas le sentiment de courir de danger avec mes gamins. Je ne peux pas penser qu'on puisse attraper cette maladie comme ça. Depuis huit ans, je m'en serais rendu compte! Je crois qu'une mère ne peut même pas envisager ça.

Et puis j'ai une grande habitude. On a très peu fréquenté le milieu hospitalier, Laurent a peut-être passé huit jours à l'hôpital en trois années de sida. Là-bas, ils ne le touchaient pas. Pas même pour le laver. C'est moi qui lui brossais les dents. La seule chose qu'ils faisaient eux-mêmes, c'était de changer son lit et de balayer sa chambre. On faisait tout le reste. Mes gamins, je les ai toujours soignés, dorlotés, embrassés, alors l'eau de Javel d'accord... mais modérément.

Avec Patrice, on ne s'est jamais beaucoup disputés, maintenant on se chipote un peu sur des riens.

La mort de Laurent nous a écrasés. Parfois on s'envoie des mots parce qu'on a mal au cœur, qu'on est malades, parce qu'on a de la peine, parce qu'il faut les dire pour avancer. Il faut passer par là. On ne peut pas y échapper. On reste marqués. Le malheur nous a encore plus rapprochés, mais la différence, c'est que lui est habitué au malheur, il a eu une enfance difficile, pas de père, pas de mère, l'orphelinat, des tas d'ennuis. On dirait que le malheur lui tombe sur la tête sans arrêt, et il le dit lui-même.

Moi, c'est différent, j'ai besoin d'échapper au malheur, je le dis et je le fais, en tout cas j'essaie. Stéphane aussi. J'ai eu des tas d'activités bénévoles cette année et j'ai rencontré des gens. Me consacrer aux autres m'occupe l'esprit et me laisse moins de temps pour penser. Le soir au moment de m'endormir, c'est plus dur...

PATRICE

Stéphane a admis sa maladie, si on peut l'admettre.

Au début, cela a nécessité tout un enseignement, et ça continue. Maintenant certaines choses vont encore changer, qu'il va falloir affronter. La sexualité par exemple, il a quinze ans, bientôt seize, il est bien d'accord au sujet des précautions ; il est très conscient des risques qu'il peut faire courir aux autres. Il faut aussi l'encourager à ne pas se déprimer pour autant. Comme c'est une maladie qui, pour l'instant, ne se guérit pas, le devoir vis-à-vis des autres, c'est le respect. S'il peut retarder au maximum le problème de la sexualité, et qu'entretemps la médecine ait trouvé des solutions...

Un jour ou l'autre il aura envie d'une femme. Laurent était trop petit, ce sont des choses que nous n'abordions pas encore. Mais la vie sexuelle, à l'âge de quinze ans ça vient vite dans les idées. Peut-être que dans un an ou deux l'envie sera forte. Je ne sais pas. Et ça me fait de la peine de savoir que Stéphane, là non plus, n'aura pas une vie tout à fait normale. Cela fait partie des préjudices de la maladie. Surtout chez un adolescent qui n'a jamais connu l'amour, qui ne sait pas. C'est affreux.

J'espère que bientôt on trouvera une solution contre le sida. La médecine ne fait pas toujours des choses formidables, elle se trompe parfois, mais espérons qu'un jour, quelque part dans le monde, il y en ait un qui trouve. C'est toujours trop lointain quand on attend, mais j'espère que la maladie de Stéphane aura la patience d'attendre ce moment.

Pour le reste, je suis très prudent. C'est important car Stéphane est à un âge où il va côtoyer la société. Il y a un minimum que je veux lui enseigner, par respect pour les autres.

Agnès, face à la prudence, a une réaction de rejet. C'est une façon de ne pas vouloir parler de la maladie. Une manière de se dire : « Stéphane n'a rien. » C'est son fils, elle pourrait être malade avec lui, mais elle ne veut pas l'admettre, ni même y penser. Elle est plus fataliste.

Je n'arrive pas à la comprendre tout à fait. Bien sûr, c'est contraignant, il y a les boîtes qui ferment avec une tirette : les boîtes rouges servant à jeter les aiguilles contaminées qui sont incinérées à l'hôpital. On en a trois d'avance à la maison. Chaque fois qu'il y en a une de pleine, on l'apporte à l'hôpital, et on en prend une autre. Elle le fait sérieusement, mais tout ça l'agace.

Elle ne veut pas que son fils se sente pestiféré. Il ne l'est pas, bien sûr, et elle le nie comme moi audelà de tout. On pourrait penser qu'elle joue avec la maladie, avec la fatalité. Elle en parle de plus en plus de cette fatalité depuis le décès de Laurent. Moi, je suis maniaque, à son avis. Je ne le crois pas... J'ai peut-être un certain degré de perfectionnisme. C'est dans ma nature.

STÉPHANE

Quand on est jeune, les idées de nos parents sont nos idées. Après, arrivé à un certain âge, on se construit nos propres idées, d'après ce que l'on pense réellement.

Il se trouve que certaines de mes idées sont plus proches de celles de ma mère. Ça ne plaît pas beaucoup à mon père. C'est-à-dire que si mes idées ne lui correspondent pas, que je prends un autre parti que le sien, il croit souvent que je suis du côté de ma mère. Or, ce n'est pas le cas. C'est moi, et c'est mon idée. Alors on discute. On n'arrête pas de discuter. Là-haut dans ma chambre, tous les deux tout seuls, ou en bas au salon tous les trois. On parle de tout, Alexandre en profite aussi, ça lui apprend la vie. Heureusement d'ailleurs que nous sommes comme ça, que j'ai des parents comme ça. Moi je dis ce que j'ai à dire, et c'est pas toujours bien pris, mais au moins je l'ai dit.

En ce moment, je suis un peu leur arbitre, pour de petits conflits. Parfois je suis personnellement en désaccord avec mon père, et la discussion peut se finir tard, mais on ne va pas se coucher sans avoir réglé le problème. Le lendemain, c'est fini, on n'en reparle plus.

J'aimerais mieux qu'on soit toujours d'accord.

Dans un sens je préfère discuter avec lui, même si on n'est pas d'accord, plutôt que de ne pas discuter du tout et de garder ça pour moi.

Mon père, je l'aime beaucoup, et ces discussions n'y changent rien. Il se dévoue beaucoup pour moi. Par exemple, il me monte un ULM, mais il fait tellement d'autres choses ! Il a passé les nuits à l'hôpital avec moi quand j'ai dû y aller récemment. Il était là tout le temps, minute après minute, chaque fois que j'avais besoin de lui. Il se soucie énormément de ma santé, je trouve qu'il exagère parfois, mais c'est par amour pour moi. Dans ces moments-là, mes parents m'ont beaucoup aidé, ce qui n'est pas le cas de tous les enfants que j'ai vus à l'hôpital. C'est une chance pour moi.

AGNÈS

L'angoisse de Patrice, qui provoque ces discussions, c'est souvent à propos de ce que fait ou ne fait pas Stéphane, ce qu'il mange, sa fatigue, l'accumulation de ses activités, etc. Ça reflète son inquiétude face à la maladie. Alors que Stéphane prend cela plus à la légère.

Au fond, il sait bien que son père a raison, et quand il n'est pas furieux, il le reconnaît. Mais s'il n'est pas d'accord, il va lui raconter tout ce qu'il peut, utiliser tous les arguments possibles et imaginables. Moi, je les écoute. Son père, lui, s'énerve :

– C'est pas possible de raconter des trucs comme ça !

Le gamin enchaîne, se défend, il a la langue bien pendue, ça ne lui pose pas de problème.

Alors ça dure deux heures, jusqu'à ce que l'un des deux finisse par céder, et ça s'arrête. Parfois j'en ai marre, je monte dans la chambre et je dis :

– Mais vous avez fini de palabrer pour rien ? Allez, on va au lit, c'est fini !

Mais j'ai l'impression que ces joutes oratoires entre père et fils, ça leur plaît. Ils discutent pour des bricoles, des questions d'aviation ou de fatigue, mais ce qui me plaît, c'est que Patrice est toujours ouvert, et l'important, c'est qu'ils parlent, qu'ils dialoguent entre père et fils. Et ils le font ! Il arrive même qu'ils m'envoient balader si j'interviens pour que ça s'arrête. Je m'entends dire, par l'un comme par l'autre :

– Fous-nous la paix, on discute !

C'est bien. Je suppose que Stéphane a besoin qu'on ne le contraigne pas trop, mais aussi besoin de lutter, de trouver une contradiction.

Moi, j'aime bien l'histoire du tabouret. Avec Patrice, pour cette maladie on a établi le principe du tabouret à trois pieds : l'amour, l'hygiène de vie et l'alimentation saine. L'amour, c'est le plus important, et Stéphane sait qu'on l'aime. C'est un pied du tabouret.

L'hygiène de vie, c'est le sport et bien dormir. C'est le deuxième pied. Stéphane manque un peu de sport, il aimerait en faire plus, mais on ne trouve pas toujours le temps et parfois il est fatigué.

L'alimentation saine, équilibrée, c'est important aussi, c'est le troisième pied. Si on enlève un pied, le tabouret tombe.

Stéphane s'attaque à un pied tout particulièrement : il adore le sport, c'est normal. Il ferait facilement des excès et, quand il en fait, il est épuisé.

Mais je crois, pour revenir à toutes ces discussions, qu'elles sont surtout pour Stéphane un prétexte pour affronter l'autorité de son père, parce qu'il est en train de devenir un homme. Au bout du compte, ils trouvent toujours un compromis tous les deux. Et Patrice est formidable : il se remet souvent en cause, il réfléchit à ce que lui dit Stéphane. Je les laisse faire, parfois je fais corps avec Patrice. C'est normal, car si je ne le fais pas, si Stéphane sent qu'il y a une petite faille entre nous, il en profite et il s'engouffre au milieu. Il est malin ! malin !

On a discuté pour le livre, par exemple. Tous les trois.

Il a été d'accord. Je lui ai dit que je voulais qu'il reste quelque chose sur Laurent et sur notre vie. Le seul problème pour lui, c'était le temps. Il ne fallait pas que ça lui prenne trop de temps, et à nous non plus. Il refuse de ne pas pouvoir profiter de nous au maximum. Nous en avons discuté et, comme il est très direct, il a déclaré :

– Bon, si je vous empêche de le faire, vous m'en ferez le reproche après. Ce n'est pas à moi de prendre cette décision, c'est à vous. Mais si c'est décidé, on le fera en famille.

Je sais qu'il dit dans ce livre ce qu'il a envie de dire, et qu'il ne dira pas ce qu'il n'a pas envie de dire. Il est libre.

Quant à Patrice, je sens qu'il va mieux depuis qu'il a parlé. Il me donne l'impression d'être moins anxieux. Stéphane l'a remarqué aussi. Il a sorti des choses profondes, ça lui a fait du bien.

C'est moi qui l'ai un peu poussé. Il y a longtemps que j'ai envie de tout dire dans un livre. Notre histoire, il faut en parler comme d'une expérience, la partager avec les gens, leur dire qu'il faut se battre malgré tout, s'occuper des enfants, les entourer, les aimer, être là, faire tout ce qu'on peut. Patrice pensait surtout à la prudence. Il voulait attendre la guérison de Stéphane. Il a peur aussi de la mort de Stéphane. Pour lui, l'histoire n'est pas finie. Moi, je lui ai expliqué que l'important, c'est l'expérience vécue en ce moment, ce qu'on nous a fait depuis 1985, depuis le sida. Parce que j'ai peur que les choses s'estompent, que les gens oublient, et que l'on ne se souvienne plus de Laurent.

C'est pour Laurent ce livre. Laurent qui disait parfois : « Sida mon ami ». Comme un vieux copain emmerdant avec qui il se battait tous les jours.

Laurent qui nous a dit : « La vie est belle quand on est mort », parce qu'il ne pouvait plus tenir.

Ce livre, pour moi, doit servir à plusieurs choses, un peu comme le film. Pour Laurent, parce que c'est pour nous une image tellement forte, quelqu'un de tellement important, parce qu'il nous a fait avancer dans la réflexion, et que l'on a vécu tant de choses avec lui. J'ai besoin qu'il reste de lui quelque chose de concret. Un livre, c'est important. Ça reste. Ce sera le livre de Laurent, avant tout.

Dans ma mémoire, en ce moment, il y a plein de choses embrouillées, tellement de choses dures, difficiles, que j'ai du mal à m'y retrouver. J'aimerais seulement parler, dans ce livre, de ce couple où tout allait bien, de ces gamins qui sont arrivés, et qui en ont bavé, bavé pour être heureux, et à qui on a donné ce poison. Parler de ce gamin qui a dû tout laisser tomber, et de l'autre qui continue à se battre.

Faire comprendre aussi que c'est une horreur de perdre un enfant, qu'il faut que les parents arrêtent de se battre pour des bêtises, qu'ils prennent le temps de regarder leurs enfants grandir et vivre. Ils ne doivent pas les considérer comme des étrangers, mais exister avec eux, échanger, se rencontrer. Je pense que les gens ne font plus ça. Ils sont assis devant leur télé, et c'est fini, ils ne parlent plus profondément, et ils sont malheureux.

C'est si important, c'est si enrichissant quand on a passé une journée avec son enfant ! On fait connaissance tous les jours. Le jour où l'enfant disparaît, c'est tellement atroce d'y repenser.

Laurent est mort, il faut que les gens sachent ce qu'on lui a fait. Les souffrances qu'il a endurées, celles de Stéphane aussi. Nous, on croyait en des produits, des facteurs de coagulation qui devaient sauver leurs vies, et on les tue avec ça ! Je ne veux pas qu'on l'oublie. J'espère que Garretta et les autres responsables liront ce livre. Il faut qu'ils le lisent. Qu'ils prennent conscience. Il n'est pas écrit pour eux, mais il faut qu'ils sachent. Que ce soit Laurent qui leur parle à travers nous, qu'il leur dise :

– Vous m'avez fait ça, j'ai souffert et je suis mort à cause de vous ; vous m'avez tué.

PATRICE

Quand la mort d'un enfant a été provoquée volontairement, consciemment, par quelqu'un pour de l'argent, c'est atroce. Ça me restera toute ma vie. Quand je vais au cimetière sur la tombe de Laurent, je me dis : « Tu devrais pouvoir pardonner. » Mais je ne suis pas prêt à pardonner. Ce n'est pas l'esprit de vengeance, je ne suis pas de ce genre-là. Certains n'ont plus rien à perdre, ils se retrouvent seuls et ont peu de temps à vivre aussi. Tout leur univers s'est écroulé. S'ils ont l'esprit de vengeance, je les comprends. Ils ont toutes les circonstances atténuantes. Moi, je ne demande que la justice, une vraie justice.

Et j'ai voulu ce livre comme j'ai voulu le reste, pour que la justice fasse son travail. Je n'aurai pas de repos avant cela. Il y a plus d'un an que Laurent est décédé. Et j'y pense tout le temps. Je pars en voyage, et je me dis : « Laurent aurait aimé ça. » Je l'ai tout le temps dans ma tête, même en aimant les autres, Agnès, Stéphane et Alexandre. Je ne peux pas ne pas y penser et, comme Agnès, je ne veux pas qu'on l'oublie. Nous faisons ce livre en famille, en son nom.

Il y a aussi autre chose. Trop de gens considèrent encore le sida comme la peste. L'information passe mieux, mais c'est encore trop léger. Souvent le comportement des gens change lorsqu'ils sont en face d'un sidéen. Stéphane ne le voit pas, il ne veut même pas s'y intéresser. Mais pour nous c'est frappant.

Il y a peu de temps, nous avons pris l'avion pour

un reportage en Italie. L'hôtesse, qui avait vu le film à la télévision, nous a reconnus et savait donc que Stéphane avait le sida. Elle en a parlé au commandant de bord, qui s'est très vite enfermé dans sa cabine en disant à l'hôtesse :

– Faites attention, ne l'approchez pas !

C'est aberrant à l'heure actuelle. Ça ne s'attrape pas comme une grippe ! Et pourtant, je vois des gens se forcer pour serrer la main à Stéphane. Certains ne nous proposeront pas de nous baigner dans leur piscine, on s'en aperçoit. Je pense qu'ils manquent d'informations, c'est tout. Comme ceux qui ont peur d'aller donner leur sang, craignant d'attraper le sida ! L'information est donc encore nécessaire.

Chez les enfants, il y a beaucoup moins de problèmes que chez les adultes. Les enfants disent :

– Ah bon ? Il a le sida ?

Et cinq minutes après, ils ont oublié.

STÉPHANE

Dans un livre, on dit ce que l'on a envie de dire. Ce n'est pas comme dans la presse, avec certains journalistes, pas tous heureusement, qui disent ce qu'ils veulent, au fond. Ce genre de truc ne me plaît pas. Je n'aime pas quand les détails sont faux.

Comme les photos. Je déteste les photos posées. On me prend naturel ou pas du tout. Et ça ne me dérange pas du moment qu'on me prend sur le fait. C'est comme l'autre jour, un journaliste à qui papa a demandé – il a l'habitude des journalistes maintenant :

– Vous voulez que je sorte l'ULM pour que vous puissiez prendre vos photos ?

Mais celui-là a répondu :

– Non, non ! Ne le sortez pas exprès.

J'étais d'accord. On est allés finalement faire de l'ULM, et là il a pris ses photos. Il était content, il a dit :

– Je suis content, j'ai des photos très naturelles.

Je n'aime pas faire semblant, au fond. Et je n'aime pas qu'on transforme les détails. Ou qu'on fasse des phrases pour le sensationnel. Alors, pour le livre, on en a parlé avec mes parents. Bien sûr j'étais d'accord, pour Laurent. Mais c'est vrai que j'avais peur que ça nous prenne du temps, et je me demandais aussi comment ça allait se faire. Qui parlerait le plus, ou le moins, de toutes ces choses.

C'est passionnant un livre. Celui-là est particulier. D'abord il est pour Laurent, et il n'est pas écrit comme une chose littéraire. En fait on parle, on dit ce qu'on pense, c'est la famille qui s'exprime, et c'est imprimé presque tel quel.

Le combat n'est pas fini

AGNÈS

C'est de plus en plus l'arnaque du siècle. Je n'ai pas peur de le dire. Scandale et arnaque du siècle.

La justice a condamné Garretta à quatre ans de prison. C'est donc qu'il est au moins coupable de quelque chose.

Nous étions partie civile au premier procès, on nous a déboutés. Motif : vous ne vous « serviez » pas au Centre de transfusion sanguine de Paris. Bel argument, si l'on considère que ledit Centre avait le monopole des produits chauffés ! Et distribuait ce qu'il voulait ! Il fallait donc se « servir » ailleurs, là où le sang était contaminé, où il n'y avait aucune chance d'échapper au virus.

Et ça recommence. On nous annonce le procès en appel pour le 3 mai 1993. Six semaines de procès ! Ce qui veut dire que nous, les victimes, qui sommes bien obligées d'être présentes à ce procès, nous allons devoir venir à Paris, y rester pendant six semaines, payer un avocat, pendant six semaines, à des honoraires qui varient de 8 000 à

15 000 francs hors taxe par jour d'audience, plus les frais de déplacement. C'est cher.

On nous répond :

– Vous avez reçu une somme du Fonds d'indemnisation pour le sida, servez-vous-en !

Ce n'est pas formidable ça ? Cette indemnité ne servirait pas à Stéphane ? À sa vie de sidéen ? Elle devrait servir à supporter les frais de six semaines de procès ? Pour obtenir, peut-être, je n'y crois plus, une justice ? Quelle justice ?

Bien sûr, on peut très bien se dire, Patrice et moi, qu'on en a marre et qu'on n'y va pas. Mais de quoi on aurait l'air ? Surtout nous, qui nous battons depuis le début ? Il faudrait abandonner ? Jamais Patrice ne pourra abandonner.

On se moque des victimes. Nous n'en pouvons plus. Stéphane est fatigué, il ne va plus au lycée, il a besoin de soins et de repos. C'est lui la victime, et c'est lui, lui et tous les autres hémophiles contaminés, avec nous, leurs parents, nous qui avons déjà perdu Laurent, c'est lui, eux, et nous qui devons supporter tout ça ?

On nous dit que le juge veut refaire tout le procès ! Jusqu'à quand ? Jusqu'à ce qu'il n'y ait plus d'hémophiles debout pour leur faire honte ? Ils n'ont même pas honte...

Tout cela nous dépasse, ce n'est plus humain. Ils ne se rendent pas compte de ce qu'ils ont déclenché. Tous nos amis, toutes ces familles, ces gens qui souffrent.

Beaucoup ne parlent pas. On a l'impression de parler pour eux. Et je les comprends, car c'est très dur de parler aux journalistes, d'aller à la télévision, d'être médiatisé. Mais c'est important de le faire. Je pense à ceux qui sont déjà partis, morts. On ira aussi pour eux.

Patrice

Je suis réellement horrifié par ce qu'on entend en ce moment. Horrifié par la politique, la justice, la médecine ! Je ne sais pas quel mot il faudrait trouver pour dire cette horreur.

Que la Haute Cour fonctionne ou pas, je m'en fiche.

« Non-assistance à personne en danger » ! À quoi ça ressemble ? Ils savaient bien qu'il y avait prescription ! Tout le monde le savait. Et nous savons, nous, qu'il s'agit d'un crime.

Au fond de mon cœur, j'ai vraiment l'impression d'avoir affaire à une mafia politique. Déjà, dès le début, nous n'avons pas pu porter plainte convenablement. C'est le juge d'instruction qui a choisi la correctionnelle, pas les assises. Ensuite, évidemment, on ne pouvait plus changer le motif de la plainte, et ce que nous voulions, c'était les faire inculper de crime d'empoisonnement. On s'est retrouvés avec un seul condamné. Quatre ans !

Et j'entendais monsieur Fabius dire :

– Je veux être entendu par la Haute Cour... Je veux être entendu comme ci, et comme ça...

C'est lui qui décide ? Il se permet de choisir son tribunal ? Je n'ai plus confiance en rien, ni en personne. Ils se donnent tous la main, ils ont trop de scandales sur le dos, les uns et les autres, et je sais bien qu'ils ne vont pas se condamner entre eux. Les loups ne se mangent pas entre eux.

Sincèrement, j'ignore comment font ces gens pour dormir la nuit. Moi, je ne pourrais pas. Si, dans mon métier, dans ma fonction, j'avais commis une faute professionnelle grave ayant entraîné la mort d'une seule personne, on m'aurait licencié sans discussion!

C'est un cauchemar. Quant à ce procès en appel qui doit durer si longtemps et pour lequel nous aurons encore des difficultés financières, je ne lui vois que deux explications. Ou c'est une manœuvre pour dissuader les victimes de poursuivre : ça coûte cher un procès... et on ne nous rembourse pas grand-chose. Ou alors le travail a été mal fait, on veut refaire le procès de 1992. Autrement dit, ça continue.

Incompétence, brouillage, manœuvre, rattrapage... et les victimes, on les méprise complètement dans cette histoire. On les méprise réellement, matériellement, moralement, humainement. « Un déni de justice », a dit le représentant des hémophiles à la télévision.

Malheureusement, pendant ce temps, les médecins prescripteurs continuent d'exercer, le Conseil de l'ordre ne fait rien, les politiques partent en campagne comme si de rien n'était. Monsieur Untel se représente, madame Untel est toujours en activité. On est tellement écœurés...

Mais moi, j'y tiens à ce procès. Je le veux, énormément. Je veux comprendre, je veux que tous les responsables soient jugés, et qu'il n'y ait pas de justice différente pour les uns ou pour les autres. Un ministre est un homme comme un autre devant la justice des hommes.

On nous cache encore des choses. Y a-t-il encore des informations auxquelles nous n'aurons pas accès, que nous ne devons pas connaître ?

Je leur rappelle que mon fils Laurent est mort de *leur* sida. Que mon fils Stéphane a *leur* sida. Je leur rappelle que nous avons droit à la justice. Je leur rappelle que je ne céderai pas, que j'irai jusqu'au bout, parce que je veux savoir, et surtout parce que je veux que tout le monde sache, dans ce pays, qui a commis ces crimes, comment et pourquoi.

La vérité.

STÉPHANE

J'aurais préféré faire autre chose, mais s'il faut y aller... j'irai. Si je suis trop fatigué, on verra.

Sinon, j'ai reçu mon brevet de pilote d'ULM. Je veux dire que j'ai le papier officiel, parce que le brevet lui-même, je l'ai passé depuis un bout de temps. C'est comme un permis de conduire à trois volets. Je le garde dans mon portefeuille.

> République française
> Direction générale de l'aviation civile
> Brevet et licence de pilote ULM
> N° 02 06 02 32 92.

Avec mon nom : Stéphane Gaudin.

Maintenant, il faudrait que j'aie quinze heures de pilotage en solo pour que le moniteur me fasse passer un test passager. Là, je pourrai emmener les copains. Pour l'instant, je n'ai que huit heures et demie sur mon carnet de vol.

L'autre jour, j'ai eu un petit problème... Je me suis crashé. Normalement, je le précise bien, ça ne doit pas arriver! Il ne faudrait pas donner une mauvaise opinion de l'ULM aux gens!

En fait, je venais de faire quarante-cinq minutes de vol. Mon père avait déjà pris trente minutes de cours avec le moniteur, sans problème. Moi, j'ai décollé après. Le vent s'était un peu levé et il soufflait de côté.

Je voulais passer de l'autre côté de la montagne. Je me dis : « Attention aux vents rabattants! » Alors je décolle, bien face au vent. Parfait! Je fais un tour, j'étais un peu haut, mais pas trop. Je tourne en finale pour approcher du terrain, mais entre-temps, le vent avait forci. Ça devenait dangereux, alors je remets les gaz pour prendre de la vitesse, et que le vent ne m'embarque pas. Et là, tout à coup, en finale, panne moteur!

J'étais encore assez loin du terrain. Bon, je plonge en piqué, pour augmenter ma vitesse sol et atteindre la piste. Devant moi, un champ de roseaux, c'est un ancien marais. Je file au ras des roseaux, 3 mètres au-dessus. Le problème, c'est que je vois arriver un arbuste. Je tire sur le manche pour sauter par-dessus, je l'évite, je n'ai presque plus de vitesse, et là, je vois un bouquet d'arbres, un gros bouquet d'arbres... Pas moyen de l'éviter, celui-là. Alors, j'ai décroché plus vite, j'ai fait tout ce que je pouvais pour maintenir l'ULM à plat, et je me suis crashé dans les roseaux, à 2 mètres des arbres !...

Jusque-là je ne pensais à rien, ni peur, ni panique, rien, j'étais trop concentré, je ne pensais qu'à une chose, tenir l'appareil bien droit. C'est au moment du choc dans les roseaux, au crash, quoi, que j'ai eu la trouille. Deux secondes. Mais la grosse peur, le souffle coupé.

J'étais là, tout bête, accroché à mon harnais, même pas un bleu, rien. C'est là que j'ai râlé, je me suis entendu dire :

– Merde, merde et merde...

Et j'ai coupé le contact pour éviter l'incendie, on ne sait jamais. Ensuite j'ai décroché ma ceinture et j'ai défait les portes, j'étais obligé pour sortir, les roseaux faisaient 1,50 mètre de haut environ. J'ai fait le tour et je suis sorti par derrière. C'est râlant, j'étais à 4 mètres de la piste d'atterrissage ! Mais à 2 mètres du bosquet !

Alors là, j'ai entendu la voix de mon père qui hurlait :

– Stéphane ! Stéphane ! Ça va ?

Il devait appeler depuis quelques secondes, je ne l'avais pas entendu. Il avait pris la voiture pour arriver en vitesse ! J'ai dû lui flanquer la trouille. Mais rien, pas un bleu. En fait, je ne me suis pas affolé, je suis resté concentré, j'ai été bien formé pour ce genre de situation. Évidemment la fourche était pliée en deux... Mais on l'a réparée, pas de problème.

Mon ami Philippe, le champion du monde, a pris l'ULM pour aller le tester, le mécanicien du club s'est penché dessus. Il y a peut-être une explication : je serais trop léger pour que le moteur tourne à plein rendement et, en hiver, dès que je ralentis, comme il n'est pas assez chaud, il s'étouffe. Panne moteur. Je pèse 35 kilos, il en faudrait le double. C'est une hypothèse à vérifier, en tout cas, il existe des systèmes pour compenser.

Bref, j'ai tout de même bien parachuté l'autre jour.

Entre nous, avec un avion, je ne m'en sortais pas. Avec l'ULM, si! Mon père, le pauvre, il était blême. Il a d'abord appelé. Pas de réponse. Il se disait : « Mon Dieu, dans quel état je vais le trouver... » Rien, pas même une écorchure. Mais on a subi le contrecoup, jusqu'au lendemain. En fait, la peur vient après. Une poussée d'adrénaline qui a du mal à retomber.

Mon père a dit :

– Avec toi, il ne faut pas être cardiaque!

Mais j'insiste, il est rare qu'on ne s'en sorte pas en ULM. Très rare.

Tandis qu'en avion, je ne serais peut-être plus là pour en parler.

7 février 1993

« Laurent Fabius, Georgina Dufoix et Edmond Hervé ne comparaîtront pas devant la Haute Cour de justice, qui vient d'estimer que les faits reprochés aux trois anciens ministres dans l'affaire du sang contaminé étaient couverts par la prescription. »

France-Soir, 6 février 1993.

« Le docteur Rieux décida alors de rédiger le récit qui s'achève ici, pour ne pas être de ceux qui se taisent, pour témoigner en faveur de ces pestiférés, pour laisser du moins un souvenir de l'injustice et de la violence qui leur avaient été faites... »

Albert Camus, *La Peste*.

Crédits photographiques

Page 1 à 6 : D.R.
Page 7 haut : Rizet/Sipa Press, bas : D.R.
Page 8 : D.R.

Table des matières

Cet ouvrage a été réalisé par la
SOCIÉTÉ NOUVELLE FIRMIN-DIDOT
Mesnil-sur-l'Estrée
pour le compte des Éditions Fixot
64, rue Pierre-Charron, 75008 Paris
en mai 1993

Imprimé en France
Dépôt légal : avril 1993
N° d'impression : 24015
ISBN : 2-87645-188-3
50-63-5663-03